# Tanz mit den Brockenseglern

Von Ulli Schwan

**Buchbeschreibung:**

Die Qualifikation haben die Ambroses gemeistert, aus den Kurierfliegern sind Rennfahrer in der größten Rallye der bekannten Galaxis geworden.

Nun beginnt das wahre Abenteuer: Auf die Ambroses warten die ersten gefährlichen Aufgaben des Djibril-Cups. Und die Konkurrenz ist ihnen in Erfahrung und Technik voraus. Aber die Ambroses haben auf ihren Flügen viel erlebt und sind es gewohnt, die irrwitzigsten Situationen zu meistern. Also stürzen sie sich ins Abenteuer, auch gegen die Brockensegler von Fento.

Teil 2 von 3 des Djibril-Cups.


**Über den Autor:**

Ulli Schwan schreibt seit Jahren fantastische Geschichten. Mit den KosmoKurieren kehrt er zurück zum Space Adventure: Abenteuergeschichten zwischen den Sternen.

# Tanz mit den Brockenseglern

KosmoKuriere

von Ulli Schwan

1. Auflage, 2025

© Ulli Schwan Alle Rechte vorbehalten.

Coverdesign: Viola Marquardt

Verlag: BoD · Books on Demand GmbH,
Überseering 33, 22297 Hamburg, bod@bod.de
Druck: Libri Plureos GmbH, Friedensallee 273,
22763 Hamburg
Die automatisierte Analyse des Werkes, um daraus
Informationen insbesondere über Muster, Trends
und Korrelationen gemäß §44b UrhG („Text und
Data Mining") zu gewinnen, ist untersagt.

ISBN: 978-3-8192-2911-4

Für Viola. Weil du dieses Abenteuer unbedingt
lesen wolltest und deine Kreativität es bereichert.

# Kapitel 1

»Feuchtigkeit und Stoffwechsel im grünen Bereich. Kein Befall«, sagte Robin gähnend und schob den Pflanzenkasten wieder an seinen Platz unter der Decke.

Sie wuschelte sich durch den grün und lilafarbenen Haarschopf und ließ die Arme kreisen. Robin war früh geweckt worden, um ihre Runde zu beginnen – ihr Kreislauf lag wohl noch im Bett. Da konnte etwas improvisierte Morgengymnastik nicht schaden. Sie trug grüne Sportschuhe, Leggings und eine langärmlige rote Tunika.

»Okay, dann sind wir mit unseren Pflanzenfreunden durch«, sagte leicht lispelnd Sylvester, Robins Großvater. Er sah wach aus – in seinem hohen Alter brauchte er nicht mehr so viel Schlaf wie seine fünfzehnjährige Enkelin. Sylvester trug den Strohhut, unter dem sein weißes Haar hervorlugte, einen grünen Pullover, karierte Hosen und Klocks.

Robin sah zur Decke. Dort reihten sich Kästen mit unterschiedlichen Pflanzen. Sie waren wichtig für das Leben auf der *Jig*: Sie reinigten Luft und Wasser, einige konnte man auch essen. Auf seine Art war der kleine Garten so wichtig wie die technischen Geräte des Schiffes. Sie mochte es, sich um die Pflanzen zu kümmern, den Boden zu lockern oder sie zu stutzen. *Das ist spannender, als irgendwelche Spulen zu justieren oder Kopplungen zu warten*, dachte sie.

Sylvester wandte sich an den Roboter, der einige Meter hinter ihnen stand. »Nelson, bring die Säcke mit der Erde bitte ins Lager.«

»Natürlich«, antwortete Nelson. »Soll ich danach den Gang säubern?«

Sylvester zuckte mit den Schultern. »Wie du willst.«

Nelson hatte einen eiförmigen Körper, dessen spitzes Ende zu Boden zeigte. Er besaß drei Beine und vier lange, gelenkige Arme. Statt eines Gesichts lag vorne am kugelförmigen Kopf ein rotbraunes Visier, auf dem in der Regel Augen und Mund als Symbole dargestellt wurden. Nelson war seit Jahrzehnten im Besitz von Sylvester, lange bevor die *Jig* ihren ersten Flug gemacht hatte. Im Laufe seines Dienstes hatte Sylvester dem Roboter allerhand einprogrammiert, so dass Nelson ein rechter Tausendsassa war.

Nelsons Kopf rotierte einmal, dann entschied er: »Ich denke, es ist notwendig mal durchzukehren. Haja wird es mir danken.«

Robin grinste. Haja war die Ingenieurin der *Jig* und sehr darauf bedacht, das Schiff in Topform und sauber zu halten. Sylvester nahm es mit der Sauberkeit nicht so genau, was immer wieder zu Reibereien zwischen den beiden führte.

»Na, dann wollen wir Haja mal einen Gefallen tun«, sagte Robin und lächelte ihren Opa schelmisch an.

Der zuckte nur mit den Schultern.

Nelson wandte sein Visier Robin zu. Die abgebildeten Augen zeigten Vorfreude. »Darf ich dann mit deinem Zimmer weitermachen und es aufräumen?«

Robin zuckte zurück. »Das ist nicht nötig.«

»Das sieht Haja bestimmt anders. Und wenn meine Meinung gewünscht ist: Ich auch.«

»Guter Versuch«, gab Robin zurück. »Aber nein: Du räumst mein Zimmer nicht auf. Das mache ich schon.«

Das Visier-Gesicht wurde traurig. »Ein Tag, den ich hoffe erleben zu dürfen.«

Nelson rollte auf seinen Kugelreifen zu den Säcken voller Erde und hob sie auf. Dann fuhr er Richtung Lager.

Sylvester sah dem Roboter nach und trommelte mit den Fingern auf seinen runden Bauch. »Zeit für das Frühstück.«

»Was gibt es heute?«, fragte Robin.

»Ich war gestern auf dem Markt und konnte ein paar frische Sachen auftreiben: Es gibt Omelette und Kepbeeren. Frisches Brot habe ich auch gefunden.«

»Klingt super«, freute sich Robin.

Sylvester war der Koch der *Jig*. Robin hatte häufig gelesen, dass der Küchenmeister auf einem Schiff die wichtigste Person war – gleich mit dem Kapitän. Immerhin war das Essen entscheidend für die Moral der Besatzung; das galt auf historischen Segelschiffen ebenso wie auf kosmischen Klippern.

Sylvester nahm seinen Stock und sie gingen Richtung Bug. Da sie sich auf dem Oberdeck befanden, war der Weg zur Messe kurz.

Der große Esstisch stand direkt unter dem ausladenden Doppelfenster an der Decke. Sylvester zupfte aus den Topfampeln Kräuter. Sie hingen im ganzen Raum: über dem Tisch, den Liegen und auch über der Küche, und ließen die Messe angenehmer riechen.

Während Sylvester mit Schürze und Messern bewaffnet das Essen zubereitete, deckte Robin den Tisch mit einem bunten Durcheinander von Essgeschirr. Es bestand aus Teilen, die weder in Form noch Farbe zusammenpassten, und aus allen Raumhäfen angesammelt worden war, die die Familie Ambrose aufgesucht hatte.

»Kann ich helfen?«, fragte Robin und kannte die Antwort.

»Ich komme schon klar«, sagte Sylvester.

Er konnte es nicht leiden, wenn jemand seine Küche durcheinanderbrachte.

Als hätte der Geruch von gebratenen Eiern sie angelockt, erschienen Robins Eltern. Sie waren von der nahe gelegenen Brücke gekommen, deren Kommando sie sich teilten: Tia als Pilotin, Harry als Astrogator.

»Das riecht gut«, sagte Tia. Sie hatte sich die langen, roten Locken zusammengebunden. Dadurch kamen ihre großen Augen noch mehr zur Geltung. Sie trug Stiefeletten, Hose und ein schwarzes Hemd.

Ihr Mann war einen guten Kopf größer, breitschultrig und ebenso wie sie etwas rund um die Hüften. Er grinste breit durch seinen Vollbart und seine blauen Augen funkelten. Er trug einen roten

Pullover, blaue Jeans und Sneaker. »Bereit für den großen Tag?«, fragte Harry.

Sie nickte. »Klar, Paps.«

»Wie war die Inventur?«, fragte Tia.

»Alle Pflanzen leben und gedeihen«, meldete Robin. »Sie sollten die lange Tour durch den Hyperraum überstehen. Die Warenlager sind mit allem Nötigen bestückt und die Tanks des Materiedruckers bis zum Rand gefüllt. Kaffee?«

Beide bejahten und setzten sich an den Esstisch. Robin brühte ihnen einen Cappuccino – der Getränkeautomat war die einzige Küchenmaschine, auf die Sylvester kein Monopol hatte. Dem Koch stellte sie eine kalte Milch hin. Für sich selbst brühte sie sich einen süßen Apfel-Tee.

»Was glaubt ihr, wird die Aufgabe sein?«

Harry zuckte mit den Schultern. »Keine Ahnung, es kann alles sein. Schon ein normaler Postflug ist voller Überraschungen – wer weiß, was die Djibril sich ausgedacht haben.«

»Deswegen ist es wichtig, die volle Ausstattung zu haben«, sagte Tia und nippte am Kaffee.

Von der Küchenzeile her, sagte Sylvester: »Es hat etwas mit unserer Fracht zu tun.«

Harry sah zu seinem Vater: »Weißt du mehr als wir?«

»Wissen? Nein. Aber warum sollten sie uns sonst so ein Dings in den Frachtraum stellen? Wenn sie uns unterwegs eine Falle stellen wollen, müssten wir doch nichts transportieren.«

Tia erwiderte: »Oder es ist wirklich nur Fracht. Ich meine: Wir fliegen für die Djibril, effizientere Kaufleute gibt es nicht. Wenn die uns auf einen Trip schicken, können wir ebenso gut gleich Ware für sie transportieren.«

Harry sagte: »Ich habe den Quader mal untersucht, aber kein Bild von drinnen erhalten.«

Alle sahen zu Sylvester.

»Seien wir auf eine Überraschung gefasst.« Er drehte sich mit Pfannen in beiden Händen um. »Essen ist fertig.«

»Das ist ja nett von dir, Zottel, wie aufmerksam«, rief Hajastan, die just in diesem Moment zur Tür hereinspazierte. Zu dem Mechanikeroverall trug sie pinke Pumps und das lange Haar zu einem Pferdeschwanz gebunden. Den Schnäuzer ihres Vollbarts hatte sie an den Enden hochgezwirbelt. Sie war die Chefingenieurin der *Jig* und das einzige Besatzungsmitglied, das nicht zur Familie Ambrose gehörte, jedoch war sie als Tias beste Freundin und Patentante von Robin und Nick quasi adoptiert – und stand ihnen näher als die meisten anderen Verwandten. Sie winkte Robin zu. »Liebes, machst du mir auch einen Tee?«

»Sicher.«

Haja warf ihr eine Kusshand zu. »Danke. So, Nick und ich haben die Lady genaustens untersucht und ich darf sagen: Sie ist in Topform!«

»Gut zu hören«, sagte Harry. »Apropos Nick: Wo ist er?«

»Er holt einen Gast bei der Rampe ab.«

»Wen?«

»Mich«, sagte Andrew McClintock. Der Mann, der in die Messe trat, trug einen maßgeschneiderten Anzug in den Farben blau und gelb – den Farben der terranischen Post.

Tia musterte ihn. »Bist du offiziell als Filialleiter der Post hier?«

»Sieht man mir das an?«, sagte er unschuldig lächelnd.

»So in etwa.«

Hinter Andrew war Nick Ambrose in der Tür zur Messe stehengeblieben. Er war kräftig gebaut, hatte die blauen Augen seines Vaters und dichte Augenbrauen. Er trug eine Schirmmütze auf dem halblangen, sandfarbenen Haar. Seine Datenbrille hing in einer Brusttasche seines Overalls. »Kann ich mich für das Frühstück hinsetzen oder geht es gleich los?«

Tia fragte ihren Sohn: »Was geht los?«

Er tippte auf das MultiArmband. »Gleich beginnt eine Versammlung der Postler.«

Tia sah zu Andrew. »Deswegen dein Besuch?«

»Ja. Es beginnt in zehn Minuten.«

Laut stellte Sylvester die Pfannen auf den Tisch. »Das reicht für die gierige Meute!«

Nick stieß sich vom Türrahmen ab und setzte sich an seinen Platz.

Andrew McClintock stand unsicher in der Küche und sah zu, wie sich die Besatzung der *Jig* über das Essen hermachte.

Nach einer Weile sah Harry zu Andrew. »Schon gefrühstückt?«

»Nur was Leichtes«, erwiderte er. »Das sieht lecker aus.«

»Na, dann setz dich zu uns.«

Andrew ließ sich nicht zweimal bitten.

»Warum das Treffen?«, fragte Tia zwischen zwei Bissen. »Das nächste sollte doch erst in einem Monat sein.«

»Na ja, euretwegen«, sagte Andrew und nahm sich eine Schüssel frische Kepbeeren.

Haja meinte: »Wegen unserer Qualifikation beim Djibril-Cup? Wie hoch sind unsere Chancen?«

»Die Favoriten seid ihr nicht gerade«, musste Andrew sagen. »Nicht nur wegen des Cups.«

»Was denn noch?«

»Wegen Hajas Vorschlag beim letzten Treffen.«

Alle machten eine Essenspause und sahen zu Haja. Die verharrte in der Bewegung, die Gabel wenige Zentimeter vor dem Mund.

»Ich?«, fragte sie unsicher.

»Dein Vorschlag, Nicht-Terraner in die Post aufzunehmen ist eingeschlagen wie eine Bombe.«

*

»Ich darf doch um Ruhe bitte. Ruhe! Und schön, dass die Verursacher dieses Tohuwabohus sich nun auch zu uns gesellen.« Dieser Vorwurf kam von Nigo Linh, Vorstand der terranischen Post. Seine Worte unterstützte er mit einem vorwurfsvollen Blick.

Dutzende Postler folgten seinem Beispiel.

Denn die Brücke war mit lebensechten Projektionen anderer Menschen überfüllt. Diese wurden übertragen durch überlichtschnelle Signale, gesendet durch den Hyperraum. Deswegen sah es auf der Brücke gerade so aus wie bei einer Vereinsversammlung in einer überfüllten Kneipe. Die heutige Sitzung war so gut besucht, dass es dem Schiffscomputer schwerfiel, alle abgebildeten Leute darzustellen, ohne dass sie sich überschnitten.

In Wirklichkeit befanden sich die anderen Postler auf der Erde, dem Planeten Modesty, entfernten Postämtern oder den Raumschiffen, die für die terranische Post fuhren. Sie brachten persönliche Lieferungen zu den Postfilialen auf Raumstationen, Monden und Planeten.

Alle schwiegen, Nigo setzte zum Sprechen an.

Da sprang ein Postfahrer in zerschlissenen Hosen und abgewetzter Lederjacke auf: »Wie ihr es in die Qualifikation des Djibril-Cups geschafft habt? Tolle Leistung! Glückwunsch!«

Nigo verdrehte die Augen. »Ja, genau das wollte ich auch gerade sagen.«

Glückwünsche kamen aus allen Holo-Kehlen, ein kurzes Lied wurde schief gesungen. Die Besatzung der *Jig* stand perplex zwischen ihren Mitfahrern, die – würde man sich leibhaftig gegenüberstehen – sie wohl auf Händen getragen hätten.

Oder wenigstens einige. Während die anderen nach Details des Rennens fragten, saß Wiebke Wagner demonstrativ ruhig in ihrem Stuhl und blätterte durch das Logbuch ihres Schiffes *Blitz* – dem modernsten und schnellsten der Postflotte. »Ohne die Kollision hätten sie die Qualifikation nicht geschafft«, erinnerte sie die anderen.

»Stimmt schon«, sagte Reiko Irie von der *Sanju-ro*. »Tia und Harry sind toll geflogen, nur deswegen hatten sie am Ende die Chance – und ergriffen sie.«

»Mit meiner *Blitz* hätte ich die Kollision nicht gebraucht.«

Reiko zuckte die Schultern. »Dumm nur, dass du nicht dabei warst. Das wäre die Gelegenheit gewesen, uns allen zu zeigen, wie supertoll dein neues Schiff ist.«

»Pft, habe ich nicht nötig. Und schon im nächsten Rennen werden sie verlieren. Ich meine: Im Hyperraum sind die niemals schneller als Paramour mit seinem Boliden oder die Laruner mit ihrem Militärschiff.«

Reiko wiegte den Kopf. »Die *Jig* ist baugleich mit unserer *Sanjuro*. Die müssen sich nicht verstecken.«

»Vielleicht nicht vor dem klotzigen Frachter von diesem Grumtz. Aber die anderen Schiffe sind deutlich schneller. Wer weiß, vielleicht haben die Technosophen in ihrem Schiff sogar eine Technologie, mit der sie alle hinter sich lassen. Denen ist einiges zuzutrauen.«

Reiko hätte ihr zustimmen müssen: die *Jig* war zwar ein Kosmoklipper, jedoch immer noch ein Frachtschiff, kein hochgerüsteter Raumer, spezialisiert für Weltraum-Rallyes. Doch er hoffte, dass die Ambroses für eine weitere Überraschung gut waren – er mochte sie.

Die Begeisterung ebbte merklich ab und Nigo klopfte mit seinem Hammer auf das Rednerpult. Damit machte er allen klar, dass sie nun zum offiziellen Teil dieser Versammlung kommen sollten.

»So, Tia, Harry und Crew: Alles Gute für den Djibril-Cup. Wir alle drücken euch die Daumen. Kommen wir nun zu einem Thema, das den Vorstand und mich um den Schlaf bringt. Denn seit dem letzten Treffen werden wir mit Fragen und Vorschlägen geradezu bombardiert. Und zwar geht es um deinen Vorschlag – Haja!«

Alle Hologramm-Köpfe drehten sich ihr zu.

»Meinen?«, sagte Haja so eingeschüchtert, wie man sie selten erlebte. Sie beugte sich nah an Robins Ohr: »Ich bin nur froh, mit all denen nicht im gleichen Raum zu sein.«

*Kann ich gut verstehen*, dachte Robin und folgte Haja auf das Sofa. Es stand an der Rückwand der Brücke und bot genug Platz für die Besatzungsmitglieder, die nicht an der Piloten- und Astrogationskonsole saßen. Andrew hatte für sich einen Stuhl aus der Küche mitgebracht, den er an der Tür abstellte. *Vermutlich will er schnell fliehen können, wenn die Fetzen fliegen*, dachte Robin.

Wobei handgreifliche Auseinandersetzungen mit Hologrammen zum Glück unmöglich waren.

Robin wusste genau, um was es ging. Alle Postler waren Terraner: Auf der Erde geboren oder direkte Nachfahren, so war es üblich in der Terranischen Post.

Und wie es Haja beim letzten Treffen in Frage gestellt hatte. Robin fühlte sich ein wenig schuldig, dass ihre Freundin ins Kreuzfeuer geriet, denn die Idee hatten Haja, Nick und Robin gemeinsam gehabt. Nur vorgetragen hatte sie Haja allein. *Weil wir wussten, dass ihn niemand erstnehmen würde, wenn Teenager wie Nick und ich ihn vorgeschlagen hätten.*

»Wenn wir korrekt bleiben wollen, so war es Tia, die den Antrag eingebracht hat«, sagte Wiebke Wagner. Sie war die Führerin des schnellsten Postschiffes, der *Blitz*. Außer ihr nahm niemand ihrer Besatzung an dem Treffen teil – warum auch, da Wiebke auf ihrem Schiff alles allein bestimmte.

Nigo Linh lebte für seine Aufgabe als Postvorstand und achtete auf die korrekte Einhaltung der Regeln – selten war selbst ihm Wiebke zu kleinkariert, dieses Mal schon. Er verdrehte kaum merklich die Augen und meinte: »Korrekt. Nun, wie ihr seht: Es wird fleißig diskutiert.«

»Was genau?«, wollte Tia wissen.

»Wie: Was genau?«

»Na ja, gibt es eine Frage?«

»Eine Frage? Nein, es gib hunderte!« Nigo beugte sich weit über sein Pult. An den Fingern abzählend führte er aus: »Sollen einzelne Stellen auf Schiffen mit Nicht-Terranern besetzt werden? Sollen sie Kapitäne werden können? Sollen nicht-terranische Schiffe für die Terranische Post fliegen? Oder sollen sie alle auf der Erde registriert sein? Das ist wichtig für Erstattungen von Schadensfällen oder Strafzahlungen aus der Beitragskasse.«

Bei dieser Erläuterung schielte er zu einem speziellen Piloten herüber.

Traid Garner – Kapitän der *Kenzi* – hob beide Hände in einer Geste der Unschuld. »Woher sollte ich wissen, dass man Kratzkäfer nicht nach Luran einführen darf?«

»Weil es im Postmanifest steht«, rief Wiebke aufgebracht.

»Herzlichen Dank«, sagte Nigo mit einer angedeuteten Verbeugung in Richtung Wiebke.

»Das liest doch keiner«, murmelte Traid.

Diesen Einwand ignorierend, fuhr Nigo fort: »Sollen Nicht-Terraner als Filialleitungen eingesetzt werden? Stimmberechtigt sein? Passives oder aktives Wahlrecht erhalten?«

Eine Pause setzte ein.

»Ja«, sagte Robin. *Wird Zeit, Farbe zu bekennen.*

Aus den Augenwinkeln sah sie, wie Nick leicht den Kopf schüttelte. *War ich vorschnell?*

Nigo wandte sich ihr zu – wie alle anderen Personen und Holos auf der Brücke.

»Ja? Ja zu was?«, fragte Nigo.

»Ja zu allem. Warum auch nicht?«, wollte Robin wissen.

Sie bekam Antwort. Nicht nur eine. Dutzende. Alle auf einmal. Unwillkürlich sank Robin tiefer in die Sofapolster.

Nigo schlug mit seinem Hammer auf das Pult vor ihm und nach mehrmaligem Wiederholen, klang das Crescendo langsam ab. »Wer möchte dazu etwas sagen? Chiwetelu, du hast das Wort.«

Chiwetelu Zinder war eines der drei Vorstandsmitglieder und Leiter der Postfiliale auf dem Planeten Modesty – der einzigen Kolonie der Terraner. Er sprach mit Bedacht und fester Stimme, die sich hervorragend eignete, alle Gemüter zu beruhigen. »So einfach es sich anhört, so liegen hier doch die Probleme in zwei Bereichen: Der praktischen Umsetzung und ob Interesse von der Gegenseite besteht. Bevor wir den zweiten Punkt angehen, gilt es aber Klarheit über den ersten zu haben. Nehmen wir zum Beispiel Filialen: Diese müssen aufgebaut und unterhalten werden. Da wir mit der Öffnung hoffen, nicht mehr von Einheimischen übervorteilt zu werden, würden wir ihnen genau dazu Gelegenheit bieten, wenn sie eine unserer Filialen leiten können. Sie können die Routen der Flieger festlegen, die Pakete verteilen, wie es ihnen beliebt. Damit ist eine Bevorteilung ihrer Freunde und Familie Tür und Tor geöffnet.«

Robin verschränkte die Arme vor der Brust. »Wieso glaubt ihr gleich, alle Nicht-Terraner sind Betrüger?«

»Tue ich nicht, ich habe nichtterranische Freunde«, sagte Chiwetelu. »Aber ihr habt doch erzählt, dass ihr auf Kajip-Station ausgebootet wurdet, weil ein anderer Kurier Beziehungen spielen ließ. Damit begann diese ganze Diskussion.«

Haja sprang Robin zu Seite. »Wenn wir mit Leuten arbeiten, die vor Ort Beziehungen haben, wird das nur unser aller Vorteil sein. Deswegen müssen wir ihnen auch alle Posten öffnen. Halbheiten bringen uns nicht weiter.«

Jetzt war Wiebke an der Reihe. Sie zog ihre frisch gebügelte Postuniform zurecht. »Die Terranische Post ist eine Erfolgsgeschichte, neben Kartoffelchips und Budelhabschen ist sie eines der drei gewinnbringendsten Produkte, die wir Terraner im Kooperationssektor haben. Kein anderer Kurierdienst hat ein so effizientes Netzwerk an Schiffen und Filialen, wir haben einen guten Ruf und sind fest etabliert. Der Name Terranische Post steht für Qualität, Schnelligkeit und Vertrauen. Nur: Wenn keine Terraner mehr fliegen, ist der Name unpassend. Wie sollen wir uns dann nennen?«

»Kosmische Post?«, schlug Traid vor.

Wiebke sah ihn spöttisch an. »Wie unpassend. Natürlich bist du für die Öffnung, dich interessiert ja nichts, was die Terranische Post so einzigartig macht.«

»Ich fliege eh allein«, gab Traid zurück. »Mir ist es egal, bei wem ich Pakete abliefere oder empfange: Hand, Pranke oder Tentakel. Es können doch alle ihre Post bei uns aufgeben – also warum sollten auch nicht alle bei uns arbeiten können?«

»Es geht um Loyalität«, erwiderte Wiebke.

»Ich bin der Post gegenüber loyal, weil sie fair ist«, gab Traid zurück. »Sie ist fair zu uns Piloten, sie ist fair zu den Filialleitern, die ihre Ämter auf entlegenen Welten führen, wo sie überwiegend mit Nicht-Terranern Geschäfte machen. Solange die Post fair bleibt, werden sich genug loyale Kollegen finden.«

Nigo sagte leise: »Einen neuen Namen hast du dir schon überlegt.«

»Terranisch klingt nach Provinz. Kosmische Kuriere klingt nach Größe, nach einem Service für alles und jeden. Es klingt nach ...«

»Übermut«, ergänzte Sylvester. Er saß vornübergebeugt auf dem Sofa, sein Kinn auf dem Stock, den er mit beiden Hände festhielt. »Wenn wir uns so darstellen, nach einem großen, allumfassenden Service für alle, werden uns die Djibril ober andere mächtige Konzerne einfach aufkaufen. Unsere Freiheit behalten wir nur, wenn wir eine Marktlücke nutzen, die zu klein ist, um die großen Konzerne zu interessieren. Lasst uns bleiben, wie wir sind: frei und unabhängig. Das soll uns genügen.«

Traid schüttelte den Kopf. »Der Name wird die Djibril nicht neugierig machen. Für die zählt nur der Gewinn.«

»Zudem ist unsere Organisation recht unattraktiv für einen Konzern«, sagte Nigo. »Zwar erwirtschaften wir Gewinne, doch sind wir immer noch ein Verein: Jeder Filialleiter, jede Kapitänin ist ein Mitglied des Vereins, zahlt aus seinen Einnahmen die Beiträge, die wiederum genutzt werden, um unsere Angebote aufrecht halten zu können: Mieten, Treibstoff, Reparatur – Strafzahlungen.«

Traid erwiderte Nigos Blick. »Die Gehälter der Vorstände.«

»Aufwandsentschädigung.«

Bevor der Streit weitergehen konnte, erhob sich das Holo von Misa Chiaki. Sie war die Kapitänin des Postschiffs *Sanjuro* und die dritte im Vorstand. »Ich möchte noch einmal auf Wiebkes Meldung zurückkommen. Das Postsystem, wie wir es unterhalten, ist tatsächlich ein großer Erfolg. Aber schon jetzt wächst die Konkurrenz. Vor uns gab es für Frachttransporte nur die übergroßen Megaschiffe und teure Kuriere, die man für jeden Flug mieten musste. Eben diese Kuriere sehen ganz genau auf uns: Mit unseren regelmäßigen Flügen zwischen den Filialen sind wir effektiver, wenn es um den Transport kleiner, persönlicher Fracht geht – oder einem Personentransport. Die Kuriere sind gut vernetzt, und eben diese Kontakte nutzen sie jetzt, um uns in die Schranken zu weisen. Und sie haben noch einen weiteren Vorteil: Sie können hinfliegen, wohin sie wollen. Unsere Postschiffe fliegen nur zwischen unseren Filialen hin und her.«

Von Traid kam ein Räuspern.

Nigo warf ihm einen wütenden Blick zu.

Misa fuhr fort: »Wenn wir unseren Ruf wahren und führend auf diesem Markt bleiben wollen, müssen wir unser Netz dichter machen. Wir müssen mehr Welten und Stationen anfliegen – und zwar bevor die Kuriere ein eigenes Netz aufbauen. Sie sind schon dabei.«

Ein Murmeln ging durch die Reihen.

Es war Tia, die sich ebenfalls erhob. »Ich stimme dir zu, Misa. Was schlägst du konkret vor?«

»Regulierte Expansion. Ein wichtiger Punkt: Alle Postschiffe fahren unter terranischer Flagge – damit können wir die rechtlichen Hürden für eine Übernahme steuern. Eine, wie Sylvester sie befürchtet.«

»Aber die Besatzung hat die gleichen Rechte?«, wollte Robin wissen.

Misa sah zu Nigo und Chiwetelu, bevor sie sagte: »Wer mit der Post fährt, hat alle Rechten und Pflichten.«

Robin und Haja grinsten. »Das klingt doch gut.«

Sylvester sah auf. »Das wird die Djibril nicht daran hindern, etwas Vergleichbares aufzuziehen oder jede Besatzung einzukaufen.«

Tia wandte sich an ihren Schwiegervater: »Wer hindert sie denn heute daran?«

»Das in der Post nur Terraner eingestellt werden. Dadurch können wir nicht weit genug wachsen, dass sich eine Übernahme lohnt.«

Tia wiegte den Kopf.

Nun war es Harry, der aufstand. Er wandte sich an Nigo Linh. »Was mich interessieren würde: Gibt es überhaupt Interessenten? Wie viele Nicht-Terraner haben denn schon nach einer Mitgliedschaft gefragt?«

Jandro Mortiz vom Frachter *Durango* sagte skeptisch: »Bleiben denn dann noch genug Aufträge für uns? Jetzt rechnet es sich ja noch – aber je mehr mitfliegen, desto kleiner werden unsere Einnahmen.«

Darauf brach ein Sturm von Einwänden los. Kein Postflieger war reich, niemand hatte genug Aufträge, um unbeschwert auf Einnahmen zu verzichten. Nicht einmal Wiebke mit der schnellen *Blitz*.

Robin sah zu Nick und Haja. Daran hatten sie drei nie gedacht. Bei allen bisher genannten Bedenken war diese die Hauptsorge einen jeden Postfahrers.

Nigo, der sonst immer schnell dabei war, jedes Chaos zu beenden, ließ die Postler eine ganze Weile diskutieren. *Sie müssen erst mal Dampf ablassen,* erkannte Robin.

Schließlich hämmerte Nigo auf sein Rednerpult. »Ist ja gut, ist ja gut. Wir haben uns schon Gedanken darüber gemacht. Leute, hört mir doch mal zu.«

Langsam wurde es leiser und alle wandten sich dem Vorstand zu.

»So ist schon besser, vielen Dank.« Nigo strich sich die dicken Augenbrauen. »Seit ich den Vorstand führe: Gerade mal fünf.«

Entspanntes Gemurmel. So wenige konnte man mit dem mehr an Aufträgen gut verkraften.

Wiebke sagte laut: »Aber wie viele werden es sein, wenn wir die Post öffnen?«

»So viele, wie wir annehmen«, erwiderte Chiwetelu ruhig.

»Richtig.« Nigo wandte sich an Tia. »So, hast du nun einen bessern Eindruck, welche Fragen dein Vorschlag generiert?«

Tia nickt. »Ja, und ich finde, wir sollten sie alle bedenken.«

»Das werden wir«, versicherte Nigo.

Tia sah zu Traid. »Deinen neuen Namen Kosmische Kuriere finde ich super.«

Traid grinste. »Ich auch.«

Nigo seufzte. »Können wir das lassen? Wirklich, nein.«

»KosmoKuriere!«, rief Haja.

Nigo stockte. »Schon besser.« Er sah zu seinen Mitvorständen Misa und Chiwetelu. »Klingt gut.«

»Ja«, stimmten beide zu.

Wiebke Wagner sprang auf. »Das kann doch nicht euer Ernst sein!«

Und so ging die Diskussion in die nächste Runde.

*

Ihr Abschied von Kajip-Raumstation war gefeiert worden. Es gab eine Ansprache des Stationsleiters, ein kleines Feuerwerk und an den Fenstern wurde ihnen gewunken. Alle Teilnehmer waren gleichzeitig in den Hyperraum gewechselt.

Zwei Sektor-Standard-Tage verstrichen. Überprüfungen der Schiffssysteme wurden abgeschlossen. Ein paar Reparaturen waren nötig gewesen, die Teile wurden vom Materialdrucker hergestellt. Nach der ganzen Aufregung fiel man in bekannte Routinen.

Langsam kam Langeweile auf.

Selbst diese Langeweile reichte nicht, dass Robin Gefallen an Schularbeiten hätte finden können. Sie fand es unpassend, sogar während des Djibril-Cups zu lernen und Tests zu absolvieren; ihre Eltern jedoch ließen das nicht gelten. So lag Robin auf ihrem Bett und tippte die Antworten eines Tests in Sternen-Geographie.

Warum hatte der Kooperationssektor eine birnenförmige Ausdehnung? Er lag am äußersten Rand des galaktischen Spiralarms, so dass sein nördlicher

– dem Galaxiskern entferntester – Bereich dünn war, während sein südlicher Bereich im dickeren Bereich des Spiralarms lag.

Wo lag die Erde im Kooperations-Sektor? Ohne zu zögern, tippte Robin auf ein Gebiet leicht westlich des Zentrums.

Wie heißen die Reiche, die am Süden des Kooperationssektors angrenzten, von Ost nach West, zur Drehrichtung der Galaxis? Merdianisches Reich, Kuth-Republik, Sbyrren-Konglomerat, Allianz der Unbesiegten.

Was sind die beiden größten Exportschlager Terras? Budelhabschen und Kartoffelchips.

Endlich war der Test beendet und das Schulprogramm schloss sich.

Robin stöhnte und setzte sich auf. Sollte sie etwas Musik machen? Vor ihr standen Schlagzeug, Gitarre und Keyboard. Nein, sie war nicht recht in Stimmung, alleine zu sein.

Robin stand auf und öffnete die Tür ihres Zimmers. Sie spähte nach links und rechts den Kielgang entlang.

Er führte vom vordersten zum hintersten Raum des untersten Decks. Er begann in einem Wartungsraum, führte vorbei an den Duschen, Zimmern, durch alle Frachtabteile und endete beim großen Fusionsreaktor und den hinteren Treibstofftanks.

Da er der leichten Biegung des Schiffsrumpfs folgte, konnte Robin ihn nicht ganz überblicken. Was sie sah, reichte ihr: Konny war nicht in der Nähe, auch nicht ihre Eltern, die bestimmt irgendeine Aufgabe für sie bereit hätten.

Sie nutzte die gute Gelegenheit, lief über den Gang und klopfte an die Zimmertür, der ihren gegenüber. Mit einem Summen glitt die Tür zur Seite. Robin huschte in Nicks Quartier.

Es war nicht sonderlich groß, reichte aber, um sich wohl zu fühlen. Es bot Platz für ein Bett, einen Sessel und ein großes Regal, das sich über zwei Wände zog. In ihm lagen allerhand Bauteile gut sortiert.

Ihr Bruder hatte keine Scheu, seine Meinung zu sagen, wenn diese auf logische Überlegungen fußten. Was seine Gefühle anging, war er in sich gekehrt. Und so fand man auch in seinem Zimmer nur wenige persönliche Gegenstände.

Fast verloren stand zwischen den Bauteilen eine Stoffpuppe eines in grün gekleideten Welpen, der in seiner Spezialeinheit der Ingenieur war. Aus seinem Rucksack ragten ein übergroßer Hammer und eine Zange. Die historische Animationsserie, deren Star er und seine Freunde waren, hatte Nick als Kind geliebt. Robin glaubte, sie war der Ursprung von Nicks Interesse an Technik.

Nick saß an seinem Schreibtisch und montierte etwas zusammen. Er trug das Cap mit der Unterschrift von Emem Froissard.

Sein Werkzeug war ein Multifunktionsgerät. Es sah aus wie eine überdimensionierte Pistole, bot vom elektrischen Schraubendreher über Plasmaschneider zum Heißkleber alles, was man sich wünschen konnte. Da dieses Wunderwerk der Handwerkshilfe von der Firma Büchler den umständlichen Namen Panproblemlösendeshandwerkshilfsgerät bekommen hatte, sagten alle Benutzer dazu nur: der Bü.

»Hi«, sagte Robin. »Bist du beschäftigt?«

Nick sah nicht von seiner Arbeit auf. »Ist gerade schlecht. Ich probiere, ob ...«

In diesem Moment sprühten Funken aus dem, woran er baute und er warf es auf die Tischplatte. Er stellte etwas am Bü ein und ein Nebelfächer schoss heraus. Die Funken erloschen.

Nick legte den Bü weg und sah zu Robin. »Jetzt habe ich Zeit.«

Robin hob die linke Hand, in der sie einen Speicherchip hielt. »Ich habe die neueste Folge *Constant Time*. Frisch aus dem Hyperkom.«

Nick wies auf sein Bett. »Sei mein Gast.«

Robin warf ihm den Chip zu und hüpfte auf sein Bett. Sich die Folge über eine MultiBrille anzusehen hätte zwar ein besseres Bild und einen besseren Ton garantiert; nur mochte sie es zu sehr, sich mit Nick die neueste Folge gemeinsam anzusehen und danach zu diskutieren, was sie davon hielten.

Nick aktivierte die Fernsehfunktion seines Fensters und steckte den Chip in die Zimmer-Automatik. Er sah sich um. »Ich habe nichts zu trinken.«

»Ich auch nicht.«

»Ich geh schnell zum Automaten. Eine Zitrus für dich?«

»Einen Versuch ist es wert.«

Die beiden lächelten. Er könnte einfach zur Mensa gehen und sich eine Zitruslimonade holen – nur war es viel spannender, Getränke aus dem Automaten auf der Brücke zu ziehen; der mischte nämlich zufällig neue Geschmacksrichtungen. Man wusste nie, was man bekam.

Nick streckte sich und ging hinaus. Er war gespannt auf die neueste Folge. In der letzten war Kapitän Jenkins in eine Grube geworfen worden und aus den Schatten gab es ein unheilvolles Knurren. *Was das wohl war*, frage sich Nick.

Er lief schnell die Rampe hinauf auf das Mitteldeck und dann geradeaus zur Brücke.

Auf der *Jig* lebten sie in vier Schichten zu sechs Stunden. Es war Abendschicht, also würde sie noch bemannt sein. Nur in der Nachtschicht hatte die Flugautomatik die Kontrolle über die *Jig*.

Nick drückte einen Schalter am Türrahmen und die Tür zur Brücke ging auf. Er bereute es sofort, denn er hörte die Stimme seiner Tante Kristen. »So frage ich mich, wie du meine Nichte und meinen Neffen diesen Gefahren aussetzen kannst?«, sagte Tante Kristen in vorwurfsvollen Ton. »Wenn du und dein Mann bei diesem Cup unbedingt Kopf und Kragen riskieren wollt, hättest du nur Bescheid sagen müssen. Ich wäre meine Nichte und meinen Neffen sofort abholen gekommen. Nur ein Anruf und ich wäre bei euch.«

Tia schnaubte. Sie saß am Steuerpult, die Beine auf den Sessel des Astrogators gelegt. Sie sah sich eine Videobotschaft an. Hinter ihr, auf dem großen Bullauge, war das Gesicht seiner Tante zu sehen. Sie war eine hagere Frau mit natürlichen, dunkelblonden Locken.

Nick überlegte, ob er wieder gehen sollte. Es war nicht höflich, zu lauschen. Andererseits war es selten, dass er Tante Kristen reden hörte – zu seiner Mutter reden hörte. Bei den wenigen Gelegenheiten, an denen sie sich in den letzten Jahren gesehen hatten, war ihr Ton ein ganz anderer gewesen. Zu Robin und ihm war sie immer nett gewesen, geradezu überschwänglich freundlich.

Gerade Robin hatte mit Kristen immer eine tolle Zeit. Er selbst konnte nicht viel mit ihr anfangen. *Warum nennt sie Robin, Paps und mich eigentlich nie beim Namen? Nur in unserer Rolle in der Familie.*

Er hörte seine Tante weiterreden: »So ein Leben als Jockey mag ja aufregend klingen, aber wann kommst du zur Vernunft? Dies ist kein Leben für Kinder! Auf der Erde können sie gut aufwachsen, sie hätten eine Erziehung in den wirklich wichtigen Dingen genossen. Das Fliegen zu anderen Planeten, der Kontakt zu all den Anderen ... das ist doch nur eine Flucht! Der Blick in den Himmel versperrt die Sicht auf die wahren Schätze. Sie liegen in uns. Sie liegen auf der Erde. Ihr Jockeys träumt nur den Traum von der Eroberung, ihr wollt immer mehr. Diese Gedanken brachten schon mehrmals Unheil über uns. Du hast doch den Beweis dafür jeden Tag an der Seite! Wenn du während deiner Schwangerschaft nur hier gewesen wärst, bei uns, statt mit deinem Mann durch die Galaxis zu reisen. Wenn meine Nichte nur die beste Behandlung bekommen hätte vor ihrer Geburt. Meine Nichte müsste nicht mit einem Metallarm ihre Unzulänglichkeit kaschieren ...«

Ihre Stimme erstarb, mitten im Satz abgewürgt. Das Gesicht seiner Tante war erstarrt, der Mund aufgerissen, als würde er Tia den Kopf abbeißen wollen.

Nick atmete auf.

Er stand immer noch in der Tür. Unschlüssig, wie er sich in dieser Situation verhalten sollte. Abhauen? Wollte seine Mutter über das Gehörte reden? Wenn ja: Wäre er der Richtige dafür? Leise fragte er: »Tut mir leid. Soll ich gehen?«

»Was?«, fragte Tia. Überrascht drehte sie sich zu ihrem Sohn.

Sie war immer einsilbig, wenn sie Nachrichten ihrer Familie erhielt. Tia war die Einzige von ihnen, die je die Erde verlassen hatte. Durch ihre Entscheidung, Raumfahrerin zu werden, war sie ihrer Familie fremd geworden. Ihre Eltern und Geschwister waren darüber nicht erfreut – geradezu erbost waren sie, dass Tia ihre Kinder mit durch den Weltraum zerrte. Das sah man in der Familie als letzten Beweis der Fahrlässigkeit, mit der Tia lebte. Angestachelt von diesem Ehemann, der entweder nutzlos, wenn nicht sogar gefährlich war. Alles wäre gut, hätte Tia nur einen bodenständigen Erdling geheiratet, wie der Rest ihrer Familie.

Manchmal fragte sich Nick, warum seine Mutter sich immer noch die Nachrichten von ihrer Familie anhörte. *Sie tun ihr weh.*

»Ich wollte was zu trinken holen«, sagte Nick und zeigte auf den Automaten bei der Couch. Er zögerte. »Willst du auch was?«

Tia wischte sich über die Augen. Mit einem Knopfdruck verschwand Kristens Gesicht. Stattdessen sah man auf dem Bullauge eine bunte Computergrafik. Sie zeigte die Gravitationsflüsse des Hyperraums. Jene Kräfte, die die *Jig* nutzte, um durch das All zu reisen.

»Nein, danke. Mir ist nicht nach Überraschungen.« Tia klang müde.

Nick blieb an der Tür stehen, ohne recht zu wissen, was er sagen sollte.

Tia machte den Anfang. »Kristen findet den Cup zu gefährlich für dich und Robin.«

»Kann ich mir denken.«

»Sie sagt, wir sollten lieber einfache Kurierflüge machen.«

»Am besten im heimischen Sonnensystem.«

»Am besten auf der heimischen Farm.«

»Hast du ihr von dem Drachen erzählt, der uns zu Tode knuddeln wollte?«

»Noch nicht.«

»Das wäre ein gutes Beispiel, wie gefährlich Tierpflege sein kann.«

»Die bauen nur Soja an.«

»Einseitige Ernährung führt zu Mangelerscheinungen, gerade bei Heranwachsenden.«

Tia grinste.

Nick trug schon länger eine Frage auf der Zunge, die er bisher immer heruntergeschluckt hatte. Noch während er überlegte, ob jetzt der richtige Moment sei, rutschte sie ihm heraus. »Findest du, ihr hättet auf die Erde zurückkehren sollen, als klar war, dass Robins linker Arm nicht voll auswächst?«

Er fürchtete, seine Mutter wäre sauer auf ihn. Würde ihn zurechtweisen.

Stattdessen sah sie nur müde aus. »Damals waren wir überzeugt, dass es nicht nötig war. Ich meine: Harry und ich hätten keine Eingriffe im Mutterleib zugelassen. Wir halten es für das Beste, der Natur ihren Weg zu lassen. Die genetischen und fötalen Eingriffe, die auf der Erde durchgeführt werden, finden wir nicht gut. Sie dienen nur dazu, eine unnatürliche Auslese zu betreiben. Dort wird nichts nur der Natur überlassen, wenn man es scheinbar besser machen kann. Wir denken darüber anders, das war und ist immer noch unsere Überzeugung. Nach der handelten wir.«

Tia nahm einen Schluck Kaffee. Leise sagte sie: »Nur manchmal denke ich, das war egoistisch von uns. Wir haben nach unserer Überzeugung entschieden. Nur Robin wurde nicht gefragt.«

»Das konntet ihr nicht«, sagte Nick.

»Das macht es auch nicht besser.« Tia atmete tief durch. »Jeder trifft jeden Tag tausend Entscheidungen. Große, kleine. Die meisten vergessen wir sofort wieder. Aber einige kommen uns immer wieder in den Sinn. Sie nagen am Vertrauen, klopfen Gewissheiten ab. Sie hinterfragen uns.«

»Diese ist eine davon?«

Tia nickte langsam. »Weißt du: Ich habe mich bis heute nicht getraut, Robin zu fragen, ob wir richtig entschieden haben.«

Nick fühlte sich bei Gesprächen dieser Art immer unwohl. Er wusste nie, was er sagen sollte und mit seiner Art stieß er häufig Leute vor den Kopf. Das wollte er jetzt auf jeden Fall vermeiden. Er wusste, dass Robin Mom und Paps nichts übel nahm. Sie hatte nie etwas Ähnliches zu ihm gesagt. Gleichzeitig wusste er auch: Es würde seiner Mutter nicht helfen, wenn er es ihr sagte. Vielleicht sogar dann nicht, wenn sie es von Robin selbst hören würde.

Also schwieg er.

Tia wandte sich ihm zu und grinste. »Was suchst du hier?«

Das war die Gelegenheit, um diesem Gespräch zu entkommen. »Ich wollte nur was zu trinken.«

»Ach ja, habe ich vergessen.« Tia wuschelte mit beiden Händen durch ihre roten Lockenhaare.

»Wir wollen uns *Constant Time* ansehen.«

»Viel Spaß dabei.«

»Okay.« Er zögerte. *Soll ich sie einladen, mitzuschauen?* Aber es war Tradition zwischen Robin und ihm, die Serie zu gucken; Mom war noch nie dabei gewesen. *Schlechter Zeitpunkt, jetzt damit anzufangen*, entschied er. »Ruhige Wache.«

Die Anzeige auf dem Bullauge flackerte. Erlosch. Kehrte zurück.

Tia runzelte die Stirn.

Nick fragte: »Was war das?«

Wieder verschwanden die Computeranzeigen. Das Bullauge zeigte Schwärze so dick wie Tinte. Sie sahen direkt in den Hyperraum.

Tia wies auf den Astrogatorsessel. »Prüf mal, ob der Monitor spinnt.«

Nick setzte sich und startete eine Diagnostik. Mit dem Monitor schien alles in Ordnung zu sein. »Keine Probleme.«

Er blickte zu Tia und wurde nervös. Er sah Schweiß auf ihrer Stirn. »Die Hyperraumtaster sind ausgefallen.«

Nick wollte schlucken, doch seine Kehle war schmerzhaft trocken.

Die Hyperraumtaster waren die Sensoren, die aktiv ihre Umgebung abmaßen. Sie waren die Fühler, die die *Jig* ausstreckte, um ihre Umgebung wahrzunehmen. Ohne sie war es nicht möglich zu bestimmen, wie die Gravosegel auszurichten waren; schlimmer noch, sie konnten beschädigt werden. Und ohne Gravosegel konnte sich die *Jig* im Hyperraum nicht bewegen. Sie wäre gestrandet.

»Nick, schalte die Hyperraumlauscher auf den Schirm.« Tia zögerte. »Ich hole die Hauptsegel ein.«

Nick brauchte eine Sekunde, um zu verstehen. *Sie geht auf Nummer sicher. Verringert unser Tempo und schützt die wichtigsten Segel.*

»Hyperraumlauscher auf Schirm«, wiederholte er, um Tia zu zeigen, dass er ihre Anweisungen verstand. Die Lauscher-Sensoren nahmen die Umwelt passiv wahr, so wie Augen oder Ohren von den Reizen abhängig waren, die sie erreichten. Es war besser, als blind durch den Hyperraum zu segeln; auch wenn sie nur noch schleichend fortbewegen konnten.

Es schien eine Ewigkeit zu dauern, bis der Computer die Daten des Lauschers auf den Schirm warf. Die Schwärze wurde erhellt durch farbige Abbildungen, die die unsichtbaren Hyperraumkräfte anzeigten.

Besorgt sah Nick zu seiner Mutter. Er zählte die Sekunden. Viel zu viele.

Endlich meldete Tia: »Hauptsegel eingefahren.«

Nick wollte aufatmen und erschrak, als hinter ihm eine Stimme fragte: »Ist etwas nicht in Ordnung?«

Tia fuhr auf: »Konny, schleich dich verdammt noch mal nicht so an!«

Der Roboter schwebte zwischen sie. »Es tut mir leid, ich kann mich nicht lauter fortbewegen.«

Nick schüttelte den Kopf.

»Darf ich meine Frage anders formulieren«, sagte Konny. »Gibt es ein Problem?«

»Ja«, sagte Tia und löste den Schiffsalarm aus.

*

»Das ist die Lage«, sagte Tia zu der versammelten Crew. »Die Hypertaster sind ausgefallen. Die Hyperlauscher funktionieren noch. Da ihr Bild nicht so exakt ist wie das der Taster, laufen wir Gefahr, in Gravoscheren zu kommen oder einen Sturm. Bestenfalls würden wir vom Kurs abkommen, schlimmstenfalls Schäden davon tragen. Deswegen sind die Hauptsegel eingezogen. Wir sind langsamer, aber sicher. Wir befinden uns immer noch auf Zielkurs. Nur schaffen wir es nicht pünktlich ans Ziel.«

Sie zeigte mit dem Daumen auf zwei Ziffern, die auf dem Hauptfenster zu sehen waren. »Um die Aufgabe zu lösen, müssen wir in 50 Stunden am Ziel eintreffen. Mit unserem jetzigen Tempo brauchen wir dafür acht Tage. Das heißt: Wir brauchen die Hypertaster! Dann können wir die Hauptsegel setzen und weiter geht es.«

»Wie viel Zeit haben wir für die Reparatur?«, fragte Haja.

»Wenn das Wetter konstant bleibt: Zehn Stunden.«

Harry strich über seinen Bart. »Wie konstant sind die Gravoflüsse in der Gegend?«

»Laut den Atlanten kann es hier rau zugehen. Im Moment melden die Lauscher keine Stürme.«

Robin fragte: »Und wenn ein Sturm kommt?«

Harry wechselte einen kurzen Blick mit Tia. Er sagte: »Bevor er hier ist, wechseln wir in den Normalraum.«

»Was uns noch mehr Zeit kosten wird«, sagte Nick.

»Sicherheit geht vor«, erwiderte Tia. »Noch Fragen?«

Alle schüttelten die Köpfe.

Haja klatschte in die Hände. »Na dann, frisch ans Werk. Nick, Schatz, gehst du mir zur Hand?«

»Fangen wir im Maschinenraum an?«

Haja nickte. »Da alle Taster stumm sind, sehen wir uns den Kabelknoten an. Von da aus gehen wir die einzelnen Bäume ab.«

Harry sagte: »Robin, Sylvester, geht mit. Acht Augen sehen mehr als vier.«

Die vier verließen die Brücke. Hinter ihnen schloss Tia die Brücke. Sie sah Konny an, der neben dem Getränkeautomaten schwebte. Wie die letzten Tage hatte er sich zurückgehalten. Ein stiller Beobachter. *Oder ist er mehr?*

Sie winkte ihn zu sich. Langsam schwebte er näher. Tia fragte: »Ist der Ausfall der Taster ein Teil der Aufgabe?«

»Die Taster wurden von mir nicht manipuliert«, antwortete Kontroll-Ordonanz-Einheit 4711. Er drehte den Kopf so, dass seine Rezeptoren sie ansahen. Die lagen auf dem halbkugelförmigen Kopf des Roboters. Unter ihm lag ein dicker Reifen; in ihm – verborgen hinter Klappen – steckten viele Arme mit verschiedenen Werkzeugen. Beine hatte der Roboter nicht, er schwebte mithilfe von Levitatoren, die wie ein Zahnrad geformt waren. Er war zwei Meter groß.

Tia erwiderte: »Weißt du, ob jemand die Taster kaputt gemacht hat? Oder hast du eine Ahnung, was es sein könnte?«

»Es gibt viele Möglichkeiten. Einige sind wahrscheinlicher als andere.«

Harry stellte sich neben Tia. »Hat man dich darauf programmiert, ausweichende Antworten zu geben?«

»Davon ist mir nichts bekannt.« Der Roboter schwebte reglos vor ihnen.

Harry versucht es anders. »Nehmen wir an, du weißt etwas über unser Problem. Darfst du uns helfen, es zu lösen?«

»Ja.«

»Wirst du uns helfen?«

»Dazu besteht noch kein Anlass.«

Harry und Tia sahen sich an. Beide teilten eine Idee. Tia machte einen Schritt auf Konny zu. »Was wäre ein Anlass?«

»Gefahr für das Leben eines oder aller Besatzungsmitglieder.«

»Ohne diese Gefahr hilfst du uns nicht?«

»Es würde den Wettbewerb zu Ihren Gunsten verschieben.«

»Einen Moment«, sagte Harry. Er legte die Fingerspitzen aneinander, was er immer tat, wenn er sich beruhigen musste. »Also ist der Ausfall Teil der Aufgabe?«

Konny drehte seinen Kopf, damit die Kameraaugen Harry ansahen. Er schwieg.

Tia ging noch einen Schritt auf den Roboter zu. »Haben alle anderen Teilnehmer das gleiche Problem?«

Konny sah zu ihr. »Ja.«

»Jetzt?«

»Mit einer gewissen Varianz: Ja.«

Tia rammte ihre Fäuste in die Hosentaschen. Sie atmete zweimal durch. Wut brachte sie nicht weiter, gegen einen Roboter war sie verschwendet. In dieser Situation brauchte sie einen klaren Kopf.

Harry fragte erneut: »Du wirst uns also nicht helfen, die Taster zu reparieren?«

»Es verstieße gegen die Gleichheit der Wettbewerber.«

Harry drehte Konny den Rücken zu und sah seine Frau an. »Wir verschwenden mit ihm nur unsere Zeit.«

Tia zog ihre Hände aus den Taschen. Sie hatte eine Idee und schnippte. »Was ist mit dem Käfig im Laderaum? Vielleicht hat sich Konny dort zu schaffen gemacht.«

»Ich sehe nach.« Harry drehte sich um. Er schob Konny zur Seite und verließ die Brücke.

Tia versprach dem Roboter: »Sollte meiner Familie etwas passieren, werfe ich dich aus der Luftschleuse.«

*

Robin, Nick und Sylvester standen im Maschinenraum und warteten auf Haja, die sich am Verteilerknoten zu schaffen macht.

Sie alle trugen ihren Bü am Gürtel. Zudem MultiArmbänder und -Brillen. Durch die MultiBrillen sahen sie nicht nur ihre Umgebung, sondern auch Anzeigen, die von der Diagnose-Automatik der *Jig* überspielt wurden. Diese Anzeigen wurden auf das normale Bild projiziert, so dass man quasi hinter die Wand gucken konnte. Kabel, Rohre und Geräte wurden als farbige Symbole angezeigt.

Nick betrachtete durch die Brille die Kabel, durch die die Sensoren des Hypertasters ihre Signale an den Navigationscomputer sandten. Von dem Knoten gingen drei Stränge ab, die zu Rohren führten. Die Rohre lagen außen auf der Bordwand der *Jig* und liefen vom Heck den ganzen Rumpf entlang bis zur Spitze des Schiffs. Der Knoten war der einzige Punkt, wo alle drei Kabel zusammentrafen. Da in einer Sekunde alle Taster ausgefallen waren, war der Knoten der wahrscheinlichste Ort des Fehlers.

»Volltreffer«, rief Haja. Sie zog ihren Bü, hantierte damit hinter einer Verkleidung herum. Als sie fertig war, hielt sie einige Gummischläuche in der Hand.

»Was ist das?«, fragte Sylvester.

»Die Ummantelung der Kabel. Seht ihr hier? Sie wurden aufgerissen. Darin waren keine Kabel.«

»Keine Kabel?«, fragte Robin. Sie nahm einen der Gummischläuche.

»Keine Spur von ihnen.«

»Können sie wegen Überhitzung oder so verbrannt sein?«, fragte Sylvester. Er kannte sich mit Technik am wenigsten aus.

Haja schüttelte den Kopf. »Die Hitze hätte die Ummantelung geschmolzen. Danach sieht es nicht aus. Zudem hätten die Prüfsensoren einen Anstieg der Temperatur gemeldet.«

Robin gab Nick ihren Schlauch. »Sieht das nicht aus, als wäre er zerbissen?«

Nick sah genauer hin. »Kann sein. Wie von so einem Tier mit spitzen Zähnen, die sich auf der Erde durch Wände knabbern.«

»Hasen«, half Robin aus.

»Nein, ihr meint Ratten«, korrigierte Sylvester. Er sah zu Haja. »Wäre das möglich?«

Haja zuckte mit den Schultern. »Vielleicht haben sich ein paar Viecher mit der letzten Lieferung Lebensmittel eingeschlichen.«

Normalerweise foppten sich Sylvester und Haja gerne; aber jetzt redeten sie sachlich, wägten eine Idee nach der anderen ab.

»Alle gehen durch die Biokontrolle, bevor ich sie lagere«, gab Sylvester zurück.

»Wann war die letzte Wartung der Biokontrolle?«, wollte Haja wissen.

»Vor einem Monat«, sagte Sylvester.

»Ist ihre Datenbank auf dem neuesten Stand?«

»Ich hatte sie mit der von Kajip abgeglichen und in der Küche ist alles in Ordnung.«

»Da würden Schädlinge anfangen. Welches Tier isst schon Kabel?«, fragte Haja.

»Na ja, diese Ratten. Oder?«, fragte Robin.

Sylvester schüttelte den Kopf. »Das tun sie nur, wenn sie gefangen sind, sie ernähren sich nicht davon.«

»Du meinst, diesen Tieren schmecken die Kabel? Sie mögen sie?«, wollte Robin wissen.

Sylvester zuckte mit den Schultern. »Ich weiß es nicht. Vielleicht sind sie auch irgendwie dort hineingeraten und wollten sich frei beißen.«

Nick tippte auf seinem MultiArmband eine Anfrage ein und erhielt umgehend eine Antwort.

»Wir haben genug Material, damit wir neue Kabel ausdrucken und die Schäden flicken können.«

»Gute Idee – nur weiß ich nicht, wie viel wir brauchen werden«, sagte Haja. »Ich habe nur die Verkleidung rausgezogen, an die ich drankam. Keine Ahnung, wie tief sich der Schaden in die Kabelbäume zieht.«

Robin sagte: »Können wir das nicht mit den Diagnosesensoren herausfinden? Jetzt, wo wir wissen, was wir suchen, könnten wir sie so einstellen, dass sie fehlende Kabel melden.«

Haja schüttelte den Kopf. »Diese Viecher haben vielleicht noch mehr Schaden in den Schächten angerichtet. Ich vertraue keiner Technik, die da drin ist.«

»Handscanner«, schlug Nick vor.

»Richtig.« Haja nickte. »Jeder holt sich einen Handscanner und dann gehen wir die Rohre ab.«

Robin sagte: »Wir könnten auch nach Wärme und Geräuschen scannen. Tiere bewegen sich. Vermutlich ist ihre Körpertemperatur nicht die gleiche wie die Umgebungstemperatur in den Röhren.«

»Gute Idee. Also dann, statten wir uns aus.«

*

Harry betrat den Frachtraum. Er ging zur dritten Regalreihe und trat vor die Zooeinheit, die vor dem Abflug hier abgeladen worden war. Es war ihre Aufgabe, diese Einheit und ihren Inhalt sicher ans Ziel zu bringen. Was in dem Quader aufbewahrt wurde, hatte man ihnen nicht gesagt. Nur, dass es ein Zeitlimit gab – und das würden sie nicht einhalten können. Damit wären sie an dieser Aufgabe gescheitert und würden keine Punkte erhalten.

Harry kannte sich mit dieser Zooeinheit nicht aus. Eine Veränderung fiel ihm jedoch sofort auf: Das Bedienfeld leuchtete nicht mehr grün, sondern gelb.

Er ging näher und sah einen Spalt neben dem Feld. Als er in den Spalt griff, spürte er einen Griff. Er zog und eine Tür schwang auf.

Er sah zwei Laufräder, kleine Leitern und etwas, das ihn an einen Kratzbaum erinnerte. An der Decke sah er Vorrichtungen, die Essen und Wasser abgaben. Eine Ecke war mit Sand gefüllt, darin lagen kleine Kotkugeln.

Offensichtlich stand er vor einem Käfig für Tiere, wohl so groß wie Mäuse oder kleine Hamster.

Er sah sich noch einmal das Bedienfeld an. Es gab keine Tasten, keine Zahlen oder Buchstaben. Einfach nur eine gelb leuchtende Fläche.

Er hörte, wie Nelson heranrollte, und sah den Roboter an. »Hast du mitbekommen, wann sich die Einheit geöffnet hat?«

»Nein«, gab Nelson zurück. Er blieb neben Harry stehen. Auf seinem Visier verwandelten sich die Anzeigen von Augen in Fragezeichen. »Vielleicht kann die Kontroll-Ordonanz-Einheit Auskunft geben. Soweit ich weiß, war sie zuletzt bei der Einheit.«

»Konny war hier dran? Wann?«

»Während des Buffets mit den anderen Rennteilnehmern.«

»Also, als niemand an Bord war. Außer dir.«

»Korrekt.«

»Hat Konny sich verdächtig verhalten?«

»Ich kam erst dazu, als die Einheit schon hier war. Während meiner Anwesenheit hat sie dieses Gerät nicht manipuliert.«

»Vielleicht davor?«

»Dazu kann ich nichts sagen.«

»Danke.« *Sie hat bestimmt etwas damit zu tun,* dachte Harry. *Das gehört alles zur Aufgabe. Wäre sonst auch zu einfach!*

Abwartend blieb Nelson stehen. »Kann ich helfen?«

Harry nickte. »Was immer in der Zooeinheit war, ist jetzt frei. Suchen wir nach Spuren, wo es jetzt sein könnte.«

Nelson fuhr herum.

Harry nahm von einem Regal eine Plane und sammelte damit die kleinen Köttel auf. Vielleicht würde er damit bestimmen können, welche Tiere in dem Käfig gelebt hatten.

Harry schaltete die Komfunktion an seinem MultiArmband ein. »An alle: Unsere Fracht wurde geöffnet und ist leer. Es gibt Zeichen, dass darin kleine Tiere gelebt haben. Diese sind jetzt frei.«

Robins Stimme kam aus dem Lautsprecher des Armbands. »Wir haben angeknabberte Leitungen gefunden. Die Kabel wurden aufgegessen.«

Harry fragte: »Habt ihr eines dieser Tiere gefunden?«

Jetzt sprach Haja. »Nein. Wir werden alle Kabel für die Hyperraumtaster entlang gehen und mit Handscannern untersuchen. So wollen wir rausfinden, wie viel Kabel ersetzt werden muss und wer unsere ungebetenen Gäste sind.«

Harry mahnte: »Denkt daran: Wir brauchen sie lebendig, um die Aufgabe zu erfüllen.«

Sylvester sagte: »Dann würde es bestimmt helfen, wenn wir wüssten, mit welchen Viechern wir es zu tun haben.«

Harry sah auf die Plane in seiner Hand. »Bin dabei.«

Tia meldete sich. »Wir haben noch neuneinhalb Stunden.«

*

Sie teilten sich auf: Sylvester ging mit Nick, Robin mit Haja.

Robin sah auf ihre Uhr. Sie suchten seit einer Dreiviertelstunde. *Die Zeit läuft uns davon!* »Wir müssen uns etwas ausdenken, das schneller geht!«

»Wir haben fast die Hälfte dieses Kabelbaums gescannt«, sagte Haja ruhig. »Lass es uns beenden.«

Robin hielt den Scanner in die Höhe und schwenkte ihn von rechts nach links. »Wenn es nichts bringt, verlieren wir eine ganze Stunde.«

Haja sah nicht von ihrem Armband weg, auf dem sie die Ergebnisse sah. »Bis dahin kann Harry uns vielleicht sagen, was wir genau suchen.« Haja seufzte. »Das Kabel fehlt bis hierher. Was immer es frisst – es hat mächtig Hunger.«

»Mit den Schiffssensoren ginge es schneller«, sagte Robin.

»Wir können den Ergebnissen nicht trauen.«

»Wenn wir noch mehr Zeit verlieren, können wir nur zum Ziel kriechen. Dann verlieren wir.«

»Nur die erste Aufgabe. Es gibt noch Weitere.«

»Unser Rückstand wäre enorm.« Robin wechselte den Arm. »Und peinlich auch. Ich meine: Schon bei der ersten Aufgabe zu ...«

»Still!«, zischte Haja. »Den Scanner zurück.«

Robin hielt den Scanner etwas nach links.

»Genau da. Die Temperatur ist um zwanzig Grad höher und es gibt leise Geräusche. Wir haben unseren Störenfried.«

Robin sah zu Haja. »Was jetzt?«

Die Ingenieurin tippte auf ihrem MultiArmband herum. »Wir können das Vieh einfangen. Ich schließe die Feuerschutzklappe vor und hinter ihm, so kann es nicht vor und nicht zurück.«

»Hoffen wir, dass es sich nicht durch die Wand nagt.«

Haja zögerte. Sie zuckte die Schultern. »Wir werden sehen. Jetzt.«

Es war unspektakulär: Sie hörten ein leises Summen. Ein Klacken.

»Das war es«, sagte Haja.

Robin hielt immer noch den Scanner in die Höhe. »Was macht es?«

»Nichts.« Haja studierte die Daten. »Es bewegt sich nicht und ist still – immer noch da, wo wir es gescannt haben.«

Robin grinste. »Es hat funktioniert!«

»Hallo zusammen«, rief Haja ins Armband. »Wir haben den Kabelesser gefunden und gefangen. Schaffen wir ihn zurück in seinen Käfig und dann reparieren wir die Kabel.«

»Gute Arbeit«, erklang Tias Stimme aus dem Armband. »Wie lange wird die Reparatur dauern?«

»Es ist viel Kabel gefressen worden. Ich schätze eine halbe Stunde für den Druck und zwei für die Reparatur.«

»Gut, dann liegen wir wieder in der Zeit.« Tia klang fröhlich.

Robin fiel ein Stein vom Herzen.

Da meldete sich Harry. »Tut mir leid, der Spielverderber zu sein. Ich bin im Labor und habe die ... Tierspuren untersucht. Wir haben es nicht mit einem blinden Passagier zu tun. Sondern mit vier!«

Der Stein fiel Robin wieder aufs Herz.

*

Alle waren sich einig, den eingekreisten Passagier nicht in der Röhre lassen zu wollen. Vielleicht biss er sich am Ende durch die Bordwand? Oder zerstörte noch weitere Technik.

Robin baute eine Tüte aus reißfester Plane. Haja und Nick organisierten Leitern. Harry kam mit

Sicherheitshandschuhen und einer Betäubungsspritze zu ihnen.

Als Konny zu ihnen geflogen kam, schwebte er zu Sylvester, der im Gang stand und dem Treiben der andern zusah.

Konny fragte: »Wollen Sie den anderen nicht helfen?«

»Ich bin die Rückendeckung«, sagte Sylvester. Er stützte sich lässig auf seinen Gehstock.

Konny sagte: »Ihr Roboter könnte von Nutzen sein.«

»Nelson bereitet das Labor vor.«

»Die Tiere könnten gefährlich sein.«

»Wir können schon auf uns aufpassen«, sagte Sylvester. »Wir Sternengucker packen gerne selbst an. Wenn Roboter überall helfen, führt das nur zu Faulheit – kannst du bei den Erdlingen sehen.« Sylvester lächelte verschmitzt. »Oder bei deinen Erbauern.«

»Die Djibril sind nicht faul. Sie sind effektiv.«

»Sie sind sehr effektiv darin, andere ihre Arbeit machen zu lassen. Roboter. Wanderarbeiter. Genetische Tiere. Schmieren die sich eigentlich ihre Brote noch selbst?«

»Die Automatisierung ist ein wichtiger Grund, weswegen die Unternehmen der Djibril so schnell und effizient durchgeführt werden. Voll automatisierte Schiffe können schneller reisen und sind kleiner. Auch die Terraner haben ihre erste Kolonie auf Modesty von Robotern errichten lassen, bevor Menschen eingezogen sind.«

»Und jetzt machen wir es halt selbst. Das macht viel mehr Spaß.«

Konnys Augen drehten sich zu Sylvester. »Spaß?«

»Na, zum Beispiel so was«, sagte Sylvester und zeigte auf Robin, Nick, Haja und Harry, die auf Leitern standen und die Abdeckung losschraubten. Sie standen seltsam verrenkt, murmelten Flüche.

»Das verstehen Sie unter Spaß?«, fragte Konny.

»Für mich schon.« Sylvester grinste.

Da rief Harry: »Okay. An dieser Seite können wir die Verdeckung öffnen. Robin, du hältst den Sack davor. Wenn das Tier aus der Röhre flieht, schnappst du es. Ich betäube es dann. Bereit?«

Es gab zustimmendes Gemurmel. Robin holte den Sack und stieg wieder auf die Leiter. Nick und Haja setzten ihre Büs an und lösten die letzten Schrauben. Da sackte die Abdeckung etwas ab.

Sofort hob Robin den Sack vor die entstandene Lücke. Nichts geschah. Robin nahm den Sack zur Seite.

Ein Fauchen war zu hören, kleine Füße rasten und im nächsten Moment wischte ein kleiner Schatten aus der Lücke. Robin riss den Sack herum und erwischte das kleine Tier im Flug.

Sie unterschätzte das Tempo des Tieres, wurde herumgerissen und verlor das Gleichgewicht. Robin ruderte mit dem freien Arm, die Leiter kippte und sie stürzte.

Harry sprang herbei, griff sich die Leiter bevor Robin auf den Boden aufschlug. Robin musste sich festhalten, verlor dabei den Sack. Der fiel zu Boden und das Tier nutzte seine Chance.

Blitzschnell rannte es über den Gang, in Richtung Freiheit. Es musste nur noch an Konny und Sylvester vorbei.

Sylvester wartete einen Moment. Er hob seinen Gehstock, schwang ihn wie einen Golfschläger und erwischte das Tier. Im hohen Bogen flog es zurück durch die Luft.

Harry fing es mit einer Hand auf und mit der anderen setzte er die Spritze. Das Tier wehrte sich und hätte Harrys Hand zerkratzt, durch die Handschuhe kamen seine Krallen jedoch nicht durch.

Nach ein paar Sekunden schlief das Tier ein.

»Hurra«, riefen alle.

Konny schwebte heran und sagte zu Sylvester. »Jetzt verstehe ich. Das war Spaß.«

*

Robin sah auf ihr MultiArmband. Noch sieben Stunden und vierzig Minuten, bis sie sich wieder auf den Weg machen mussten.

Sie war mit Sylvester und Harry auf der Krankenstation, die ebenso als Labor benutzt wurde. Da sie während ihrer Reisen mit vielen Wesen, Pflanzen und Keimen in Kontakt kamen, war die Krankenstation nicht nur dazu da, um Verletzungen zu behandeln. Ihr Vater hatte sie ausgebaut, um Experimente durchführen zu können. Da er auf der Universität die Biologie nichtmenschlicher Lebensformen studiert hatte, war das Labor recht professionell und er wusste genau, was er tat, als er das gefangene Tier untersuchte. Zudem hatte er Nelson ausführliche Programme zur Medizin und Untersuchungsmethoden aufgespielt, so dass der Roboter ein kompetenter Assistent war.

Nachdem sie alle Vermessungen und Proben gesammelt hatten, die sie hier nehmen konnten, gaben sie sie in den Medocomputer ein.

Labortische und Regale nahmen zwei Wände ein. Der ganze Raum war in hellen, angenehmen Farben gehalten. Der Mittelpunkt der Station war die Diagnoseliege. Über ihr hingen Scanner und Geräte. Drei Roboterarme konnten genutzt werden, um Operationen durchzuführen. Die beiden Ruhebetten standen in Nischen, hier wurden Kranke längerfristig beobachtet. Sylvester und Robin saßen auf ihnen.

Harry zog einen der Stühle heran und setzte sich neben die Diagnoseliege. Das kleine Tier darauf atmete langsam. Während es schlief, sah es ganz niedlich aus: Ein kleiner Rüssel wuchs aus einem spitzen Gesicht mit abstehenden Schnurrhaaren. Sechs kleine Beine und ein breiter Schwanz waren mit weißem Fell bedeckt, der runde Körper mit schwarzem.

Aus einer Tasche seines Overalls zog Harry ein Stück ummantelten Draht. Es war so lang wie sein kleiner Finger. Er hatte es von dem Sensorkabel der Hyperraumtaster abgeschnitten.

Er legte es unter einen chemischen Analysator und ließ eine Diagnose laufen.

Da piepste der Medocomputer und zeigte einen Eintrag aus der Bibliothek für außerirdische Tiere an.

»Unser Freund ist ein Rüsselpfeifer«, verkündete Harry. Er hatte die Stationskommunikation mit allen Armbändern der Besatzung verbunden. Jeder hörte ihn und er konnte jeden hören.

Tia, die immer noch auf der Brücke Wache schob, fragte: »Irgendwas das uns hilft, die anderen schnell aufzutreiben?«

Harry las den Bericht aus der Bibliothek. »Nager. Leben in einer Stickstoff-Sauerstoff-Atmosphäre. Haben einen hohen Stoffwechsel. Werden etwa sechs Jahre alt und sind in der Regel Einzelgänger.«

»Heißt das, wir müssen sie einzeln auftreiben?«, fragte Robin. *Das kostet uns viel Zeit.*

»Ratten jagt man nicht«, sagte Sylvester. »Man fängt sie mit einer Falle.«

Harry nickte. »Nur, was nehmen wir als Köder?«

Sylvester zeigte auf das Stück Kabel. »Das da.«

Robin schüttelte den Kopf. »Davon laufen hunderte Meter für die Hypertaster und nochmal so viele für die Hyperlauscher durch das Schiff. Ein so großes Bankett können wir denen gar nicht anbieten.«

Harry strich sich durch den Bart. »Warum fressen sie gerade diese Leitungen? In dem Rohr gab es doch auch andere Kabel.«

Sylvester schlug vor: »Reagieren sie irgendwie auf den Hyperraum?«

Harry überflog noch einmal den Bericht über die Rüsselpfeifer. »Davon steht hier nichts. – Haja, wurden andere Kabel angeknabbert?«

»Nein«, antwortete die Ingenieurin. »Auch kein anderer Schalter, Relais oder Schraube. Ich meine, die Ummantelung haben sie auch nur durchgebissen, um an das Kabel zu kommen.«

Sylvester hakte nach: »Leiten die Kabel irgendwas aus dem Hyperraum ab, was sonst nirgendwo zu finden ist?«

»Nein. Um das zu unterdrücken, ist Raimitrat beigemischt. Ansonsten sind es normale Kabel.«

»Vielleicht ist es das«, sagte Harry. »Dieses Raimitrat.« Er suchte in den Dateien des Materialdruckers. Um alle Gegenstände ausdrucken zu können, musste der Drucker wissen, aus welchen Teilen die Gegenstände bestanden. So fand Harry dort eine genaue chemische und physikalische Beschreibung von Raimitrat und wie der Drucker es mischte.

Sylvester und Robin traten neben Harry an den Monitor. Robin konnte mit den Symbolen nicht viel anfangen.

Sie trat neben Nelson an die Diagnoseliege. Beide sahen den schlafenden Rüsselpfeifer an. »Jedes Lebewesen nimmt seine Umgebung anders wahr als ein anderes. Hat er irgendwelche besonderen Sinne? Ein Nasenloch für Hyperraumpartikel oder so?«

»Nichts«, sagte Harry. »Sein Geruchssinn hat eine größere Bandbreite als unsere. Seine Sicht ist weniger farblich. Sein Geschmackssinn ist mit unserem vergleichbar.«

Sylvester trat an den Labortisch, nahm das Kabel und schleckte daran.

»Opa!«, rief Robin überrascht.

Harry sah seinen Vater nur verwirrt an.

Sylvester schleckte noch einmal an dem Kabel. »Es schmeckt salzig. Und da ist noch etwas. Wie ...« Nochmal schleckte er das Kabel ab. »Paprika.«

»Salz und Paprika?«

»Hauptsächlich. Wenn unsere Geschmäcker ähnlich sind, stehen die Rüsselpfeifer auf salzig mit Paprika.«

Harry machte eine hilflose Geste. »Willst du ihnen was kochen?«

»Wir brauchen doch einen Köder, oder? Er muss besser schmecken als die Kabel, sonst kommen die anderen drei nicht.«

Robin trat neben Sylvester und schleckte ebenfalls. »Du brauchst nichts. Das schmeckt und riecht wie Kartoffelchips Ungarisch!«

Sylvester schnüffelte. »Stimmt.«

Harry grinste. »Davon haben wir noch in Reserve. Das schütten wir in einen Käfig und die anderen Rüsselpfeifer werden kommen.«

Die drei klatschten sich ab.

*

Sie nahmen einen der Käfige, in denen sie lose Fracht transportierten, schütteten eine ganze Tüte

Chips hinein, verschmierten sie, trugen ihn in den Maschinenraum und legten eine Spur mit Chips bis hin zu dem Knotenpunkt. Einen Ventilator stellten sie so, dass der Geruch der Chips in den Kabelschacht geweht wurde.

Robin und Harry versteckten sich im Nebenraum. Sylvester ging, um Haja und Nick beim Reparieren zu helfen.

Nach einer halben Stunde wünschte sich Robin, auch sie würde bei der Reparatur helfen. Das Warten war so langweilig.

Sie wollte gerade vorschlagen, ihren Vater alleine zu lassen, als es einen Ruck gab. Robin sah erstaunt zu ihrem Vater.

Der hob eine Hand.

Robin sah auf ihr Armband. Der kleine Monitor zeigte den Maschinenraum, da er mit einer Kamera verbunden war.

Tatsächlich erkannte sie Bewegung dort, wo die Wandverkleidung gelöst worden war. Drei kleine Gestalten huschten heraus, blieben stehen. Die Rüsselpfeifer horchten, ob eine Gefahr drohte. Dann wurde ihr Appetit zu groß. Sie knabberten an den Chips. Den nächsten verschlangen sie. Sie eilten in den Käfig, fielen dabei übereinander. Einer ging in den Käfig. Der Zweite. Der Dritte zögerte.

Als er sah, dass seine Kumpane ihm nichts übrig lassen würden, eilte er hinterher.

Harry drückte auf die Fernbedienung und der Käfig schloss sich.

Robin sprang auf und öffnete die Tür. Der Käfig wackelte, da die Rüsselpfeifer sich gegen die Stäbe warfen. Die hielten.

Harry ging zu dem Käfig. »Bringen wir sie ins Labor.«

In diesem Moment schwebte Konny herein. Der Roboter hielt über dem Käfig in der Luft. »Wenn Sie es wünschen, bringe ich die Rüsselpfeifer zurück in ihren Stall.«

Harry zog eine Augenbraue hoch. »Bist du dir sicher, dass sie nicht noch einmal ausbrechen werden?«

»Das wird nicht passieren, ich bürge dafür«, sagte der Roboter.

Robin stellte sich vor ihn. »Dann hast du was damit zu tun?«

Konny ging nicht darauf ein. »Sie haben diesen Teil der Aufgabe gelöst. Meinen Glückwunsch.«

»Danke. Ich sage besser mal den anderen Bescheid.« Um kein Risiko einzugehen, hatten Harry und Robin die Funkfunktion ihrer Armbänder ausgestellt. Als er es anmachte, kam Harry aber nicht zu Wort, denn Tia rief ihn bereits.

»Harry, Robin, hört ihr mich? Ist alles in Ordnung bei euch?«

»Alles okay«, versicherte Harry. »Die Rüsselpfeifer sind alle gefangen. Problem gelöst.«

»Von wegen«, sagte Tia angespannt. »Die Hyperlauscher sind vor fünf Minuten ebenfalls ausgefallen. Ich musste in den Normalraum wechseln.«

Robin schluckte. *Bisher sind wir unserem Ziel entgegen geschlendert. Jetzt sind wir langsamer als eine Schnecke!*

Robin sah auf ihre Uhr. Noch sechseinhalb Stunden, um ins Ziel zu kommen.

»Das schaffen wir niemals«, sagte sie mutlos.

*

»Ohne Taster und Lauscher sind wir im Hyperraum blind und taub«, verkündete Tia. »Für unsere Sicherheit bin ich in den Normalraum gewechselt, die Sensoren hierfür funktionieren alle einwandfrei. Nur dass wir nahezu keine Fahrt machen. Damit verkürzt sich unser Zeitfenster immens, in dem wir die Taster reparieren müssen. Wie lange braucht ihr, Haja?«

»Anderthalb Stunden«, sagte die Ingenieurin. »Eine halbe Stunde für die Hyperraumlauscher.«

Harry schüttelte den Kopf. »Mit den Lauschern kommen wir im Hyperraum nicht schnell genug voran. Wir brauchen die Taster, wenn wir die verlorene Zeit einholen wollen.«

»Richtig«, sagte Tia über Funk. »Unsere einzige Chance ist, die Taster zu reparieren und dann unter vollen Segeln zu fahren. Deswegen alle Kräfte zur Reparatur!«

Sylvester wurde für den Materiedrucker eingeteilt, Robin und Harry kümmerten sich um den Kabelbaum, Nick und Haja um den Knotenpunkt. Tia stellte auf Autopilot und half, wo sie gebraucht wurde.

In den nächsten Stunden wurde kaum ein Wort gesprochen. Konzentriert ging jeder seiner Arbeit nach. Man stieß sich an Kanten, schnitt sich mit Kabeln in die Finger.

Die Stunden verrannen.

Zudem kam die Müdigkeit; bald waren alle seit über vierundzwanzig Stunden auf den Beinen. Der Magen knurrte, keiner hatte Zeit zu essen. Die Konzentration litt.

Sylvester verließ den Drucker und kochte starken Kaffee und jeder erhielt einen Snack. Tia schaltete laute Rockmusik ein. Das hielt wach.

Die Zeit raste.

Endlich meldete Haja: »Das war's, meine Lieben.«

Nick richtete sich auf und stöhnte, weil ihm der Rücken so schmerzte. Seine Augen brannten und er war so müde.

Haja legte ihm eine Hand auf die Schulter. »Das hast du großartig gemacht«, sagte sie und lächelte.

*Wie kann sie nach all der Arbeit nur so gut drauf sein*, fragte sich Nick. Das Kompliment tat wohl. »Ich will ins Bett.«

Haja sah auf ihr Armband. »Warten wir bis die Skipper das Okay gibt.«

Nick drückte die Daumen. Er rechnete kurz nach. »Wir haben noch 44 Stunden bis wir am Ziel sein müssen.«

»Hoffen wir, dass uns die Hyperraumwinde gewogen sind.«

Sie spürten einen Ruck und wussten, dass die *Jig* in den Hyperraum gewechselt hatte. Kurz darauf meldete Tia: »Taster funktionieren. Hervorragende Arbeit, Kompliment an alle!«

Alle applaudierten sich selbst. Sie hatten es sich verdient.

Tia fuhr fort: »Kurs ist gesetzt, wir laufen unter vollen Segeln. Wir teilen uns in Vier-Stunden-Schichten ein. Sylvester, auf die Brücke und bring

Kaffee mit. Harry und Robin haben die zweite Schicht. Nick und Haja die dritte.«

Nick atmete auf. Das bedeutete acht Stunden Schlaf. Im Moment war das wichtiger als jeder Sieg.

*

Die Anspannung wuchs mit jeder verstreichenden Stunde. Nachdem sich alle von den Strapazen erholt hatten, war nichts mehr zu tun, als zu warten. Und das Wetter im Hyperraum zu betrachten. Und die Stellung der Segel zu kontrollieren. Und die Distanz zu prüfen, die sie noch zurücklegen mussten.

Manchmal glaubten sie, keine Chance mehr zu haben. Dann erwischten sie eine Gravitationsströmung, die ihnen einen unerwarteten Schub gab. Oder einen Hyperwind, der die Segel umschwenken ließ, so dass sie gegensteuern mussten und an Fahrt verloren. Normale Phänomene des überlichtschnellen Reisens.

Auf diesem Flug eine Nervenprobe.

Zwölf Stunden vor ihrer wahrscheinlichen Ankunft betrat Harry die Brücke. »So kann das nicht weitergehen. Wir gehen alle gleich die Decke hoch!«

Tia drehte sich auf dem Pilotensitz um und wischte sich den Milchbart ab. Sie trommelte mit den Fingern gegen die Tasse mit dem Shake. »Es wird sich ja wohl jeder selbst beschäftigen können.«

»Kannst du?«

»Klar, kein Problem.«

»Der wievielte Shake ist das?«

»Ich wollte immer schon mal alle Geschmacksrichtungen probieren.«

»Es gibt ...«, Harry überlegte kurz. »Zwanzig.«

»Wenn man sie nicht miteinander mischt.«

»Okay, jetzt mache ich mir ernsthaft Sorgen.« Er stellte sich vor sie. »Der Wievielte?«

»Der Dritte.«

»Aha.«

»In dieser Stunde.«

»Du wirst der erste Mensch sein, der sich mit Milchshakes vergiftet.«

»Milchshakes sind etwas Gutes. Zu so etwas Gemeinem sind sie gar nicht fähig.«

»Ich werde dich davor schützen müssen«, sagte Harry, nahm ihr den Shake aus der Hand und nahm einen großen Schluck. Er verzog das Gesicht. »Banane und Minze.«

»Mit einem Hauch Waldmeister.«

»Großer Gott, du bist ein nervliches Wrack.«

Sie streckte die Hände aus. »Nicht, wenn ich Nervennahrung zu mir nehme.«

Er gab ihr den Shake zurück. »Wie sieht das Wetter aus?«

»Ruhig für die nächsten drei oder vier Stunden.«

»Also kann die Automatik übernehmen.« Er tippte auf sein MultiArmband und sprach über die Schiffslautsprecher. »Alle mal herhören: In zwanzig Minuten gibt es eine Kinovorstellung. Erscheinen ist ein Muss.«

Tia nickte ihm zu. »Gute Idee.« Sie stellte die Steuer-Automatik so ein, dass es einen Alarm bei Änderung des Wetters geben würde und stand auf.

Sie gingen in den Frachtraum, brachten eine große, weiße Zwischenwand am Ladekran an. Der hob sie direkt vor den Projektor.

Konny war einer der Ersten, die im Frachtraum erschienen. Der Roboter schwebte zu Harry und fragte: »Ist es klug, jetzt die Brücke unbeaufsichtigt zu lassen?«

»Wir können gerade nicht viel mehr tun, als das Schiff auf Kurs zu halten«, antwortete Harry. »Und die Moral der Mannschaft ist ebenso wichtig.«

Konny schwebte zur Leinwand. »Wofür ist sie gut? Sie hat keine Hologramm-Emitter.«

»Wir sehen uns kein Hologramm an«, sagte Harry. »Sondern einen klassischen Film in 2D. Die

Wand ist die Projektionsfläche, der Projektor dort drüben wirft ein flaches Bild darauf.«

»Ich sehe darin keinen Reiz, den ein Hologramm nicht auch hätte.«

»Technisch vielleicht nicht, aber so wurden die Filme damals gemacht.«

Konny schwebte zu ihm. »Sie sehen sich einen historischen Film an.«

»Sicher. Willst du mitschauen?«

Konny drehte sich um. Inzwischen war die gesamte Crew eingetroffen und sie setzten sich auf Klappstühle. Sylvester hatte ein Tablett mit Knabbereien und Getränken mitgebracht, von dem sich alle bedienten. »Da die komplette Besatzung hier ist, kann ich meine Aufgabe am besten an diesem Ort erfüllen.«

Harry schmunzelte. »Wie auch immer.« Er wandte sich an das Publikum. »Alle bereit?«

»Was gibt's denn?«, fragte Haja.

»Lass dich überraschen.«

Er dimmte das Licht, startete den Film und setzte sich.

Auf der Leinwand erschien Schwärze. Musik tönte durch den Frachtraum.

»Ach nein, nicht den«, stöhnte Robin.

»Können wir die Affen überspringen?«, fragte Nick.

Haja protestierte. »Ohne die Affen macht der Film doch keinen Sinn.«

Robin stöhnte. »Der ganze Film macht keinen Sinn.«

»Natürlich. Es geht darum, dass Außerirdische den Menschen bei ihrer Entwicklung helfen.«

»So clever können die Außerirdischen nicht sein«, sagte Nick. »Sie sind viel zu früh.«

»Die Affen sind doch nur die erste Stufe.«

»Dass sie den Affen helfen, verstehe ich ja noch. Aber warum zeigen sie sich den Menschen, wenn sie den Mond betreten?«

Haja rief aus: »Weil die Menschen ihren Heimatplaneten verlassen haben. Erste Schritte in der bemannten Raumfahrt. Das zeugt vom menschlichen Potential.«

»Viel Potential sehe ich nicht gerade«, hielt Nick dagegen. »Die brauchen Jahre – Jahre! – um mit einem Schiff zum Jupiter zu kommen.«

»Hey, als der Film entstand, waren wir noch nicht mal auf dem Mond. Die Vorstellung einer Reise zum Jupiter war damals revolutionär.«

Sylvester merkte an: »In der Romanvorlage fliegen sie übrigens zum Saturn.«

Robin verdrehte die Augen. »Zum Glück haben sie das geändert, sonst würde der Film ja noch länger dauern. Bei dem lahmen Schiff.«

Haja verteidigte den Film weiter. »Nur weil sie in der Lage sind, den nächsten Monolithen mit einem Raumschiff zu erreichen, sind die Menschen würdig für weitere Hilfe in ihrer Entwicklung.«

»Aber wieso?«, hakte Nick nach. »Sie brauchen ewig für diese kleine Strecke. Und dann sind sie auch noch dämlich und überlassen einer KI die Möglichkeit, das Schiff zu lenken, dabei sind fünf Menschen an Bord. Und dann sind die Programmierer noch zu blöd, um die KI richtig zu programmieren. Wer einer KI so viel Macht gibt, gehört nicht unterstützt – sondern seinem Schicksal überlassen.«

Haja hielt dagegen: »Die Astronauten gewinnen gegen die KI.«

»Einer gewinnt. Ein einziger. Und der kommt dafür ins Seniorenheim.«

Schon längst hatte der Film angefangen, doch der Streit ging weiter.

Konny drehte sich zu Harry. »Sie kennen den Film bereits?«

»Wir alle können ihn mitsprechen«, sagte Harry. »Er ist ein Klassiker.«

»Stört sie der Disput nicht bei der Rezeption des Kunstwerkes?«

Harry schüttelte grinsend den Kopf. »Der ist doch der halbe Spaß.«

Konny zögerte. Dann sah er sich den Film an. »Und die KI verliert?«

»Ja, sie wird geschlagen.«

»Von einem Menschen?«

»Ja.«

»Dann ist dieser Film eindeutig eine fiktive Geschichte.«

Harry und Tia sahen Konny mit gerunzelter Stirn an.

*

Endlich erreichten sie das Ende der Reise. Robin und Nick betraten die Brücke. Sie waren die Letzten, und niemand saß bequem auf der Couch. Sie traten zu Haja und Sylvester, die dicht hinter dem Pilotensitz standen.

Konny schwebte nahe bei ihnen.

Alle sahen auf das große Bullauge, auf dem einige Kurse eingezeichnet waren. Jeder Kurs ging von dem Punkt aus, an dem die *Jig* den Hyperraum verlassen konnte und die kürzeste Strecke im Normalraum zurücklegen musste, um die Station Trejir zu erreichen. Ihr Ziel.

Diese Strecke im Normalraum war kurz im Vergleich zu der Strecke, die sie im Hyperraum zurückgelegt hatten. Aber der richtige Kurs würde entscheiden, denn sie hatten nur noch fünf Minuten für die 23 Millionen Kilometer.

Haja sprach die Wahrheit aus, die keiner hören wollte. »Wir schaffen es nicht. Es gibt keinen Kurs, mit dem wir die 23 Millionen Kilometer unter fünf Minuten schaffen. Das wäre selbst dann knapp, wenn wir mit dem Viertel Lichtgeschwindigkeit fliegen würden, das wir drauf haben, wenn wir den Hyperraum verlassen.«

Robin sah zu ihrem Bruder. Der nickte. Die *Jig* würde den Hyperraum mit einem Viertel der Lichtgeschwindigkeit verlassen, also 270 Millionen Stundenkilometern. Doch sobald sie den Normalraum erreichten, würden sie abbremsen müssen. Ihr Ziel war es, auf Trejir zu landen – nicht es zu zerstören. Denn das würde passieren, wenn die *Jig* mit Viertel-Lichtgeschwindigkeit auf Trejir auftreffen würde. Um jedoch auf null zu kommen, bevor sie Trejir erreichten, müssten sie einen Umweg fliegen, um langsam genug zu sein.

Damit wären sie zu spät.

*So knapp vor dem Ziel scheitern wir*, dachte Robin enttäuscht. Sie sah in die Gesichter der anderen – jeder empfand das Gleiche. Niederlagen schmecken bitter.

»Noch zwei Minuten bis zum Verlassen des Hyperraums«, sagte Harry niedergeschlagen.

Tia drehte sich vom Bullauge fort und sah zu Konny. »Wie ist unsere Aufgabe beschrieben?«

Konny zitierte: »Alle Lebewesen müssen lebend auf Trejir-Station abgeliefert werden. Sie haben einhundert Stunden, um die Station Trejir zu erreichen.«

»Hundert Stunden, um sie zu erreichen«, sagte Tia. »Nicht, um auf ihr zu landen.«

Konny bestätigte: »So ist der Wortlaut.«

»Was genau ist mit *erreichen* gemeint?«

»Das wir uns im gleichen Ort wie Trejir Station aufhalten.«

Tia zeigte auf die Abbildung Trejirs auf dem Hauptschirm. Die Station war auf einem Asteroiden errichtet. Er hatte einen Durchmesser von hundert Kilometern, war nahezu kreisrund. Das Besondere war das Loch in der Mitte: Da die wertvollsten Gesteine in der Mitte gelagert hatten, waren sie auch zuerst abgebaut worden. So hatte der Meteor in der Mitte ein Loch mit dem Durchmesser von dreißig Kilometern.

»Okay, also Trejir sieht aus wie ein Donut und wenn wir durch seine Mitte fliegen, wären wir – grob gesagt – am gleichen Ort wie Trejir. Hätten wir damit die Aufgabe erfüllt?«

Konny schien einen Moment zu zögern. »Die Aufgabe wäre erfüllt.«

Tia sah zu Harry. Er blinzelte. »Wir werden nicht bremsen.«

»Wir werden nicht bremsen!« Tia grinste.

Harry lächelt. »Setze Kurs.«

Tia drehte sich wieder ihrer Konsole zu.

»Verlassen Hyperraum in dreißig Sekunden«, sagte Harry.

Aus der *Jig* schossen Blitze vor den Rumpf. Sie formten einen türkisfarbenen Cygon-Trichter, der riss ein Loch in den Hyperraum, und in seiner Mitte entstand ein Kreis, durch den man den Normalraum sehen konnte. Die *Jig* raste hindurch und der Trichter zerfiel hinter ihr.

Tia schaltete die Gravosegel aus.

Sie zerplatzten bunt schillernd wie Seifenblasen. Die hundert Meter langen Maste zogen sich zurück in ihre Hüllen.

Erst als all das erledigt war, tat Tia etwas, was sie noch nie nach einem Übergang getan hatte: Sie beschleunigte!

»Noch vier Minuten«, sagte Harry.

Robin sah auf die Zahl, die die Entfernung zur Trejir-Station darstellte. Sie fiel rasant gen null. Sie spürte deutlich das leichte Vibrieren.

Harry öffnete einen Kanal zur Station. »Trejir, hier *Jig*. Wir kommen schnell rein. Wir werden nicht abbremsen. Wiederhole: Wir werden nicht abbremsen! Wir durchfliegen in drei Minuten euer Zentrum. Macht uns den Weg frei.« Er zögerte kurz und fügte hinzu: »Bitte.«

Als die Antwort von der Station kam, schaltete er sie sofort leise. Er wollte nicht, dass seine Kinder noch mehr Schimpfwörter lernten.

Tia sagte: »Die Taster sehen niemanden auf unserem Weg. Wir machen weiter!«

»Noch zwei Minuten bis zu Trejir.«

»Wie liegen wir in der Zeit?«

»Seit Abflug 99 Stunden und 58 Minuten.«

»Was soll's.« Tia verlangte von den Triebwerken noch mehr.

Aus dem Vibrieren wurde ein Zittern. Auch glaubte Robin, ein leichtes Schaben zu hören. Sie sah zu Haja.

Die Ingenieurin sah besorgt auf ihr MultiArm-band. »Wir überschreiten die garantierte Belas-tungsgrenze. Die Trägheitsdämpfer sind am Limit, Skipper.«

»Das muss das Schiff abkönnen«, knurrte Tia.

»Eine Minute. Sind auf Kurs«, sagte Harry so ruhig, als wären sie auf einem Routineflug.

Robin blickte auf die Geschwindigkeitsangabe und rechnete kurz. Sie legten die Entfernung Erde zum Mond in weniger als fünf Sekunden zurück.

»Zehn Sekunden«, sagte Harry.

Jetzt konnte Robin die Station mit bloßem Augen sehen.

»Neun.«

Ein kleiner Donut im All.

»Acht.«

Der schnell wuchs.

»Sieben.«

Immer größer wurde.

»Sechs.«

Jetzt sehr, sehr groß erschien.

»Fünf.«

*Wenn wir dagegen fliegen, sind wir nicht mal mehr Schrott.*

»Vier.«

Sie zwang sich, auf das Loch in der Mitte zu schauen.

»Drei.«

Auch das wurde größer.

»Zwei.«

So groß, da konnte man gar nicht dran vorbeifliegen.

»Eins.«

Die Station wischte vorbei.

Harry sagte: »Trejir durchflogen. Flugzeit seit Kajip-Station: 99 Stunden 59 Minuten und 50 Sekunden.«

»Meinen Glückwunsch«, sagte Konny. »Sie haben die erste Aufgabe erfolgreich zum Abschluss gebracht.«

Durch den Jubel an Bord hörte ihn keiner.

# Kapitel 2

Sie hatten die erste Aufgabe gemeistert. Sie hätten Lob und Ehrung verdient. Stattdessen wurden ihnen die Leviten gelesen.

Denn der erste Kontakt zu Trejit-Station war der Hafenmeister – und der schrie seine Wut über ihren Anflug mit voller Lautstärke hinaus. Es fielen keine Worte wie waghalsig oder wagemutig. Er beschimpfte sie als gefährlich, mörderisch, Todesraser und Ähnliches. Robin und Nick waren unter Weltraumjockeys aufgewachsen, die selten Manieren hatten, aber bei dieser Schimpfkanonade bekamen sie heiße Ohren. Robin versuchte, sich viele der neuen Beleidigungen zu merken; immerhin waren sie so übel, dass Harry nach wenigen Minuten die Verbindung auf seine Kopfhörer legte. Seine Wangen leuchteten rot und er begann zu schwitzen.

»Vielleicht sollten wir gar nicht erst andocken«, schlug er leise vor.

»Wir müssen!«, sagte Haja. Die Ingenieurin kraulte sich nervös den Vollbart, während sie die Anzeigen auf ihrem MultiArmband musterte. Sie las die Ergebnisse der aktuellen Diagnose aus dem Maschinenraum. »Euer Manöver hat die Trägheitskompensatoren überbeansprucht, da liegt einiges im Argen. Der Deflektor hat über die Maßen gearbeitet und irgendwas ist mit dem Flügel, den unser Babydrache angeknabbert hat. Wir müssen auf ein Trockendock.«

»Ich habe sie wohl etwas hart rangenommen«, sagte Tia Ambrose. Sie saß an der Ruderstation und tätschelte das Pult.

Von der Couch, die im hinteren Bereich der Brücke stand, meldete sich Sylvester zu Wort. »So wie die Dame geächzt hat, dachte ich schon, die Kompensatoren würden ausfallen.«

»Wären sie ausgefallen, hätten wir es gar nicht bemerkt. Wir wären sofort zerquetscht worden«, meinte Nick beiläufig, da er wie Haja auf seinem MultiArmband die automatisierten Schadensmeldungen las.

»Bestand denn ernsthaft Gefahr?«, wollte Robin wissen. Sie saß neben ihrem Großvater Sylvester. Sie musste immer noch lächeln bei dem Gedanken an den waghalsigen Flug, den sie hinter sich hatte. *Endlich Abenteuer und keine Routine*, dachte sie.

»Nein, nicht wirklich.« Nick dachte einen Moment nach. »Glaube ich jedenfalls.«

»Okay«, sagte seine Zwillingsschwester gedehnt. So langsam wurde ihr die Tragweite des Gesagten bewusst. »Du hättest doch gebremst, Mom? Wenn es wirklich ernst geworden wäre.«

Tia schien damit beschäftigt, irgendwas auf ihrer Station nachzuschauen.

»Mom?«

Als Tia damit fertig war, musste sie sich ganz darauf konzentrieren, ihr rotes Lockenhaar zu einem Pferdeschwanz zu zähmen.

Es war Harry, der sich zu seiner Tochter umdrehte. Seine blauen Augen blickten ruhig, die Hände machten eine beschwichtigende Geste. Wie meistens wirkte er wie jemand, der alles unter Kontrolle hatte. »Natürlich hätten wir das.«

»Ganz sicher«, pflichtete ihm Tia bei und grinste verschmitzt.

Robin wechselte einen unsicheren Blick mit Sylvester.

Haja ging zu Konny. Der Roboter schwebte ruhig im Raum. »Konny, uns wurde zugesagt, dass auf jeder Zwischenstation Reparaturen stattfinden können.«

Konny drehte seinen Kopf zu Haja, bis er sie mit seinen optischen Sensoren ansah.

»Das ist korrekt. Die Werkstätten von Trejir-Station stehen ihnen kostenlos zur Verfügung. Solange die Reparaturen für die Fortsetzung des Rennens notwendig sind.«

»Sind sie, Sonnenschein«, versicherte Haja. Zu Harry sagte sie: »Knuddel, die *Jig* braucht ein paar Streicheleinheiten.«

Harry nickte. »Ich versuche, den zeternden Haddock zu überreden, dass er uns auf die Station lässt.«

Konny schwebte zu Harry an die Station des Astrogators. »Darf ich mich einschalten?«

»Nur zu gerne«, sagte Harry und schaltete den Funk wieder auf Lautsprecher.

»... verklagen wegen Raserei mit tödlicher Absicht, ihr mörderisches Saufgesindel von hirnamputierten ...«

Konny sagte laut: »Hier spricht Kontroll-Ordonanz-Einheit 4711 im Auftrag Ihrer Vorjüngeren Merkantilen Majestät.«

Der Hafenmeister beendete seine Schimpftirade sofort.

Konny fuhr fort. »Dieses Schiff nimmt am Djibril-Cup teil. Bitte nennen Sie uns die Werkstattbucht, in der wir landen können.«

»Ähm, sofort, einen Moment.« Es knackte in der Leitung.

Harry sah beeindruckt zu Konny. So viel Autorität hatte er dem Roboter gar nicht zugetraut. Harry blickte zu Tia, die am Steuerpult saß und ihm zu grinste.

Da meldete sich der Hafenmeister. »Werkstattbucht vier ist für sie bereit, *Jig*.«

»Danke vielmals, und Ihnen auch einen schönen Tag«, erwiderte Harry betont freundlich. Er erhielt den Standort der Werkstatt, berechnete einige Kurse und teilte sie mit der Ruderstation.

Tia sah vom Steuer auf. »Konny, gibt es Zeitvorgaben?«

»Im Moment nicht«, sagte der Roboter.

Tia nickte und entschied sich für eine Route. Auf dem drei Meter durchmessenden Bullauge wurden Quadrate projiziert, die die Flugbahn markierten. »Route gesetzt«, meinte Tia.

Aus den Lautsprechern kam wieder die Stimme des Hafenmeisters. »Terranisches Kurierschiff, hier drängt schon seit einer Weile jemand, mit Ihnen zu sprechen. Nehmen Sie einen Ruf von einem Nigo Linh an?«

»Ja, sicher«, sagte Harry. »Bild auf Schirm?«
»Klar«, sagte Tia.

Die Richtungsanzeigen verschwanden und auf dem Bullauge erschien das Gesicht eines Mannes von etwa fünfzig Jahren, mit weißem Haar und hoher Stirn. Grinsend winkte der Vorstandsvorsitzende der Terranischen Post ihnen zu. »Hallo zusammen. Freut mich, euch zu sehen!«

»Hallo Nigo, bist du auf Trejir?«, erwiderte Harry.

Nigo Linh schüttelte den Kopf. »Nein, auf Terra. Die Rennleitung hat mich als Vorsitzenden der Post angerufen, um einiges zu besprechen. Aber erst einmal: Glückwunsch! Wir sind stolz auf euch.«

Harry sagte: »War eine knappe Sache, dass wir es überhaupt geschafft haben.«

»Hey, ihr habt es immerhin geschafft!«, sagte Nigo begeistert.

»Auf den letzten Drücker«, sagte Harry. »Und als Letzte.«

»Aber ihr ...« Nigo runzelte die Stirn. »Ihr wisst es gar nicht?«

»Was denn?«

Jetzt grinste Nigo über das ganze Gesicht. »Es haben nur zwei die Aufgabe geschafft. Ihr und Bronto Grumtz. Die anderen drei sind noch nicht hier, sie sind an der Aufgabe gescheitert. Sie werden gerade aufgelesen und hierher geschleppt.«

»Wie ist denn dann der Punktestand?«, fragte Robin.

Nigo wollte antworten, doch Nick kam ihm zuvor.

»Wir führen.«

*

Einen Moment war es auf der Brücke still. Wie auf Kommando sahen alle gleichzeitig zu Konny.

»Das ist korrekt«, vermeldete der Roboter sachlich.

»Das ist ja der Hammer!«, rief Robin und sprang vom Sofa. Sie fasste Hajas Hände und die beiden tanzten einen improvisierten Jig.

Tia schmunzelte. »Das reib ich dem Chaynee unter die Nase. So dick.«

Harry grinste in stillem Vergnügen.

Nick sah allen mit gerunzelter Stirn zu. »Das wird bestimmt nicht lange so bleiben.«

Sylvester trat zu seinem Enkel. »Lass es uns genießen, so lange wir können. Sonst macht das alles nur halb so viel Spaß.«

Woraufhin Nick mit den Schultern zuckte.

»Hey da auf der *Jig*, darf ich mal kurz stören?«, donnerte eine unfreundliche Stimme in die Feierlaune.

Der Bildschirm teilte sich, und neben Nigo sah man jetzt auf dem Hauptbildschirm das Gesicht eines Wesens, dass an einen irdischen Bären erinnert hätte – wären nicht die sechs Augen, vier

Ohren und Stirnfedern gewesen. Der Hafenmeister – ein Noiderianer – fuhr mürrisch fort: »Ihr sollt euren Kurs ändern.«

Tia reckte sich vor. »Ist uns der Anflug auf Trejir untersagt?«

»Nein, leider nicht.« Der Hafenmeister grunzte, seine Federn sträubten sich. »Ihr sollt nicht die Route nehmen, die ich euch übermittelt habe. Ich schicke euch eine neue.«

»Wieso?«

»Die Nachrichtenteams wollen es. So kriegen sie bessere Bilder von eurem Schiff im Anflug. Man will schicke Bilder für die Reportagen.«

Haja klatschte in die Hände. »Jetzt ist es offiziell: Wir sind Stars!«

»Kotzender Krickfisch«, murmelte der Hafenmeister und schaltete sich schnell aus der Verbindung.

Alle lachten. Harry gab den Kurs an Tia weiter und sie passte den Flug der *Jig* an.

Nigo winkte vom Bildschirm. »Wo wir schon mal dabei sind: Ich habe hier ein paar Anfragen für Auftritte in Werbung und Talkshows.«

Harry verschränkte die Arme vor der Brust und lehnte sich zurück. »Die Kinder treten nirgendwo auf.«

»Paps!«, entfuhr es Robin. »Wieso nicht?«

»Weil wir es sagen«, erwiderte Harry mit einem kurzen Nicken in Richtung Tia. Die ihn mit einem Nicken ihrerseits unterstützte.

»Ja, aber das macht bestimmt Spaß.«

»Trotzdem nicht.«

»Ja, aber wir gehören doch zur Crew.«

»Sicher. Aber nicht zur PR-Abteilung.«

»Ja, aber ...«

»Lass gut sein, Robin.«

»Ja, aber ...« Robin schloss die Augen. *Ich höre mich an wie eine bockige Sechsjährige.* Also biss sie sich auf die Lippen und hielt weitere Argumente zurück. Vielleicht gab es bald einen besseren Moment.

Harry fragte: »Also, Nigo, was hast du für uns?«

Nigo sah auf sein Armband. »Zwei Werbeanfragen: Büchlers Handwerkfirma. Sie meinen, da ihr eure Büs bei der Reparatur benutzt habt, wäre das eine tolle Werbung.«

Harry fragte: »Woher wisst ihr das?«

Es war Konny, der antwortete. »Ich habe bei unserer Ankunft in diesem System meine zusammengestellten Aufnahmen der letzten Tage an die Sender verschickt, die für eine Erstübertragung gezahlt haben.«

Robin zeigte grob in die Richtung von Trejir-Station. »Die dort haben eine Doku über unseren Flug?«

»Inkorrekt«, sagte Konny. »Die Doku wurde bereits im ganzen Kooperationssektor ausgestrahlt. Weitere Verwertungen sind in Kürze geplant.«

Jetzt erst wurde allen die Tragweite bewusst. Natürlich hatten sie dem zugestimmt, und Konny hatte vor Abflug Kameras an Bord angebracht. Nur hatten sie damit gerechnet, dass sie die Aufnahmen sehen würden – vor einer Veröffentlichung.

»Sehr effizient«, sagte Nick.

Robin fuhr zu ihrem Bruder herum. »Du hast das gewusst?«

»Die Aufzeichnung? Das wussten wir doch alle.«

»Dass sie ausgestrahlt wird, ohne dass wir ein Veto einlegen können«, sagte Robin.

Nick zuckte mit den Schultern. »So steht es im Vertrag.« Ihm antwortete Schweigen. Er sah sich in der Runde um. »Hat keiner von euch den Vertrag gelesen?«

»Na ja«, sagte Robin.

»Überflogen«, sagte Haja.

»Ich musste auf die Brücke«, sagte Tia.

»Gleich morgen«, sagte Harry.

Sylvester schüttelte den Kopf. »Nein.«

»Was? Wie könnt ihr einen Vertrag unterschreiben, wenn ihr ihn nicht gelesen habt?«

»Geht ganz schnell«, sagte Robin und malte ihre Unterschrift in die Luft.

Tia winkte ab. »Egal. Also wir sollen für die Büs werben«, wandte sie sich an Nigo.

Der zog seine Hand von der Stirn, gegen die er sie geklatscht hatte. »Genau. Ein oder zwei Spots, mit Aufnahmen aus der Reparatur und ihr kommentiert dann die Qualität der Büs oder so. Also eigentlich wollen sie die ganze Besatzung ...«

»Lass die Kinder da raus«, sagte Harry.

Robin ging einen Schritt vor. Ein erhobener Finger ihres Vaters ließ sie stoppen.

»Ich seh mal im Vertrag nach«, antwortete Nigo. Er grummelte leise. »Oder wollt ihr das machen?«

Tia wies hinter sich. »Schick ihn an Nick.«

Der seufzte. »Glück gehabt.«

»Gern geschehen«, sagte Tia. »Und der zweite?«

»Sonny Chips. Immerhin habt ihr mit ihrem Produkt die Rüsselpfeifer gefangen. Die wollen eine Werbeserie machen, egal wie das Rennen ausgeht. Die planen langfristiger und haben auch das Budget. Allerdings wollen die nur zwei buchen.« Er wies vorbei an Tia und Robin. »Haja, hast du Lust?«

Haja richtete sich erfreut auf – und verharrte in der Bewegung. »Aber das mit den Chips war nicht meine Idee.«

Nigo nickte. »Deswegen sollst du auch mit Sylvester auftreten.«

Haja wirbelte herum. »Das ist eine tolle Idee. Na komm, Zottel, lass uns die Teleholos erobern.«

Sylvester sah weit weniger glücklich aus. »Und das auf meine alten Tage.«

»Hast du das denn schon mal gemacht?«

»Ich habe so ziemlich alles schon mal gemacht.«

»Ja, so ziemlich. Aber warst du schon mal Werbestar?«

»Nicht, dass ich mich erinnere.«

»Bereit für ein neues Abenteuer?«, fragte Haja und streckte ihm die Hand entgegen.

Sylvester lüpfte vor ihr seinen Hut, verbeugte sich mit knackender Hüfte und nahm die Hand. »Wie kann ich die Aufforderung einer so charmanten Dame ausschlagen?«

Sie half ihm auf. »Schick den Vertrag an Nick.«

*

Die Station Trejir flog in einem weit gestreckten Asteroidenfeld um die Sonne des Systems Fento. Anders als die meisten Sonnensysteme war dieses nicht nach dem Zentralgestirn benannt, sondern nach einem Planeten.

Fento war der vierte Planet. Mittelgroß mit weiten Ozeanen und Landmassen, auf denen eine üppige Vegetation wuchs. Als er von einer Expedition der Djibril gefunden wurde, fand man Spuren von intelligenten Wesen. Fento war überzogen mit großen Städten, die Technik war im Gleichgewicht mit der Natur. Die Erbauer hatten auch die ersten Schritte der Raumfahrt getan; ihre beiden Monde waren mit schlichten Stationen besiedelt worden. Man fand dort nie fertig gestellte Raketen, die sie bis zu den äußeren Planeten getragen hätten.

Nur hatten sich die Bewohner von Fento etwa zu diesem Zeitpunkt gegenseitig umgebracht. Zweihundert Jahre, bevor die Djibril gekommen waren. Die Schlachten waren nicht nur auf dem Planeten geführt worden, auch im Weltraum zwischen ihm und den Monden. Eine Schrottosphäre aus Satelliten, Kampfdrohnen und Raketen zog sich wie ein grob gewebter Teppich zwischen den drei Himmelskörpern.

Manche Philosophen fragten sich, ob ein Treffen mit den Djibril die Wesen von Fento gerettet hätte.

Die Djibril waren pragmatischer. Ihr Lebensziel war das Streben nach wirtschaftlichem Erfolg, das erforderte einen lösungsorientierten Lebensstil: Sie nutzten die astronomischen Aufzeichnungen der Ausgestorbenen um zu erkennen, dass ein Abbau der Asteroiden im System lohnend war. Einer der Größeren versprach besonderen Erfolg, da in ihm Materialien vorkamen, die für die Herstellung von Glasal benötigt wurden. Und Glasal war gefragt.

Also tauften die Djibril den Asteroiden Trejir und errichteten dort eine Bergbaustation. Da die reichsten Vorkommen in der Mitte des Asteroiden lagen, bohrten sie sich gleich durch und höhlten ihn aus. Methodisch bauten sie die Station aus in einen kleinen Raumhafen. Von dort aus durchkämmten sie den Asteroidengürtel, der sich zwischen dem achten und neunten Planeten zog. Die Asteroiden waren mit kleinen Robotschiffen gut zu erreichen und von Trejir war es nicht weit bis zum nächsten Transitpunkt in den Hyperraum.

Vor gut fünfzig Jahren begannen Hobby-Historiker sich für die Geschichte von Fento zu interessieren. Sie waren bereit, für luxuriöse Unterkünfte zu zahlen, also ließen die Djibril sie errichten. Die Zimmer waren noch heute gut gebucht, da immer neue Geheimnisse aufgedeckt wurden. Jede Expedition kam mit mehr Fragen zurück, als sie beantworten konnte. Vermutlich, weil noch keine Universität professionelle Archäologen entsandt hatte, um Fento systematisch zu erforschen. So blieb die

Geschichte des selbstmörderischen Kriegervolkes voller Mysterien – und alle waren damit zufrieden.

Um Geld zu sparen, hatten die Djibril darauf verzichtet, auf Trejir Anlagen für künstliche Gravitation zu installieren. Sie versetzten den Asteroiden in eine Rotation um die eigene Mitte. Dies sorgte für eine kostengünstige Imitation von Schwere im Inneren.

Für anfliegende Raumschiffe bedeutete es, dass sie sich im Anflug der Bewegung anpassen mussten. Weswegen die *Jig* sich Trejir in einer Korkenzieher-Bewegung näherte.

»Das ist wirklich ein Blödsinn«, murmelte Tia, die immer wieder die Anflugwerte betrachtete. Natürlich war das Steuersystem mit der Raumhafenkontrolle gekoppelt – aber Tia blieb trotzdem wachsam.

Robin starrte fasziniert durch das Bullauge, wo sich Trejir drehte und immer langsamer drehte, bis er scheinbar zum Stillstand kam. Vor ihnen öffneten sich Schleusentore, ein Prallfeld erlosch.

Sie flogen in eine Höhle, die sich hinter der Schleuse stark verbreiterte. Tia suchte einen Platz. Kurz darauf setzte die *Jig* auf ihren Landekufen auf.

Harry drehte sich zur versammelten Besatzung um. »Okay, wir machen es wie abgesprochen: Tia, Sylvester, ihr stellt euch den Reportern. Haja, du untersuchst die Dame und sprichst alles mit der Werkstatt ab. Nick, Robin – wir sehen uns mal auf der Station um.«

*

Robin blieb stehen und sah durch das Panoramafenster aus Glasal. Sie hatte ihren Kopf im Nacken liegen, um alles sehen zu können. Über ihr öffnete sich nach links und rechts eine Schlucht, die sich nach vorne beugte, bis sich beide Enden auf der gegenüberliegenden Seite trafen. Und genau dort gab es auch ein Panoramafenster. *Als blickte ich in einen Zerrspiegel*, dachte Robin.

Da die künstliche Gravitation auf Trejir durch seine Eigenrotation entstand, wurde man zum Rand hin schwerer und die ausgehöhlte Mitte war oben. Als Raumfahrerin war es Robin gewohnt, oben und unten je nach Gegebenheit zu definieren; dieser Ort war ein sehr anschauliches Beispiel, wie praktisch ein flexibler Orientierungssinn sein konnte.

»Robin, kommst du?«

Ungern riss sie sich von dem Anblick los und trottete hinter ihrem Vater und Bruder her. Sie musste acht geben, nicht zu stark zu laufen, sonst hätte sie weite Sätze gemacht. Hier herrschten gerade mal 60 Prozent der irdischen Schwere. Praktisch um neue Rekordweiten im Weitsprung hinzulegen; unpraktisch wenn man dabei in einen der vielen Marktstände krachen würde.

Die inneren Schichten des kringelförmigen Asteroiden waren dem Handel vorbehalten, denn hier lagen auch die meisten Andockbuchten. Unter den Märkten waren die Hotels. Und darunter die Versorgung und einige wenige Minen, in denen noch geschürft wurde.

Robin sah sich um. Alles schien improvisiert: Die Auslagen waren Konstruktionen aus Rohrstangen, die Artikelnamen und Preise mit Hand auf Stoff gemalt; die Kaufleute winkten oder riefen die Passanten an. Das grellste waren die blinkenden Neonlichter über den Eingängen. Alles schien sehr persönlich, geradezu altmodisch.

Harry grinste. »Alle machen den Anschein, als wären wir auf einem Außenposten am Rande der Zivilisation, wo das Abenteuer um die nächste Ecke wartet.«

Robin verstand, worauf ihr Vater hinauswollte.

Nick war dieses Mal nicht so schnell. »Warum? Trejir ist ein gut laufendes Minenunternehmen und ein Touristenziel.«

»Eben um die Touristen geht es«, sagte Harry. »Alles Amateurarchäologen mit Hang zum Abenteuer. Die kommen von Planeten mit großen Einkaufstempeln. Hier wollen sie sich mutig fühlen, wie Pioniere. Also tun die Kaufleute so, als wären sie auf einem Außenposten und verhökern ihre Ware als exklusive Einzelstücke.«

»Alles für den Kunden«, sagte Nick.

Harry nickte. »Alles für den Kunden, und die Masche zieht offensichtlich, denn die Läden sind gut besucht. Als ob hier jeder einen kleinen Schatz finden ... Großer Gott, das kann nicht sein!«

Mit diesem Aufschrei lief Harry zu einem Bücherstand. Seine Kinder wechselten einen überraschten Blick, bevor sie ihm folgten. Sie mussten sich durch drei Regale schieben, die bei jeder Berührung zu kippen drohten. Die Bücher darauf waren in allen möglichen Sprachen, jedoch keines verfasst in Galaktowelsch, jenem künstlich gewachsenen Sprachkompromiss, den jedes raumfahrende Wesen gut genug beherrschte, um sich gegenüber anderen verständlich zu machen.

Harry hatte ein dünnes Heftchen in der Hand und grinste über das ganze Gesicht. »Das ist die Erstauflage, auf Deutsch!« Er hielt seinen Kindern das Heftchen hin. *Perry Rhodan* stand links oben in der Ecke. »Die neueste Nummer 21395. *Der Schpack* von Feter Pey. Ich habe gerade mal drei Hefte auf Papier, alle anderen nur als Datei.«

»Du liest die immer noch?«, fragte Nick.

Er und Robin kannten die Abenteuer des terranischen Raumfahrers aus ihrer Kindheit – Harry hatte sie ihnen immer als Gute-Nacht-Geschichten vorgelesen.

Robin sagte: »Wir beide sind aus ihnen herausgewachsen.«

Harry ließ sich die gute Laune nicht verderben. »Perry ist das Original, alle anderen nur billige Kopien. Auch euer geliebter *Constant Time*.«

Jetzt verschränkte Robin die Arme vor der Brust. »*Constant Time* hat seine Vorgänger in *Flash Gordon*, und der ist älter als dein Terraner.«

Harry hob sein Heftchen hoch wie die Fackel der Wahrheit. »Das hier ist ernsthafte Science-Fiction. Keine Fantasy im Weltraum!«

Nick schüttelte den Kopf. »Die Arkoniden benutzen Lochkarten.«

Harry konterte: »Flash trägt Strumpfhosen wie Robin Hood, und Prinz Barin sogar seinen Hut.«

Bevor der traditionsreiche Generationenstreit über die entscheidenden Werte wahrlich großer Literatur weiter eskalieren konnte, trat ein Schlichter zu ihnen. Er beugte sich herab, um mit Harry auf Augenhöhe zu sein. Sein länglicher Kopf drehte sich langsam zu allen drei Diskutanten.

»Guten Tag«, sagte Bronto Grumtz in seiner gedehnten Sprechweise. »Freue mich, dass ihr Prüfung gemeistert habt.«

Robin sah zu dem großen Bronto auf. »Ja, genau wie du. Damit führen wir das Feld wohl an.«

»Tun wir«, sagte Bronto. An seiner starren Mimik konnte man keine Gefühlsregung ablesen. Er bewegte sich und sprach so langsam, dass es Robin schwer viel, ihm nicht ins Wort zu fallen. Da half es, dass Bronto seine Sätze absichtlich verkürzte, um Zeit zu sparen.

Er war ein Yanik. Wie alle aus seinem Volk, war er ausgesprochen groß und kräftig. Vier lange Arme und zwei lange Beine ließen den Torso auffallend klein wirken. Wie bei ihrem letzten Treffen waren seine Kleider und Stiefel komplett in Schwarz.

Robin fragte: »Wie hast du die Aufgabe bewältigt? Hast du die Rüsselpfeifer auch gefangen?«

»Nein«, sagte Bronto. »Wusste, Fracht ist ein Trick. So sind Djibril. Kenne sie schon lange. Versiegelte den Frachtraum und stellte Heizung ab. Er blieb während des ganzen Fluges gefroren und meine Robot-Kontrolleinheit konnte nichts tun.«

»Clever«, sagte Nick anerkennend.

»Wenn man lange für Djibril arbeitet, rechnet man mit Tücke.«

Sie alle wussten, dass die Yanik seit Generationen, als billige Arbeitskräfte eingesetzt wurden. Als die Heimatwelt der Yanik unbewohnbar geworden war, hatten die Djibril sie mit ihren Raumschiffen gerettet. Seitdem setzten die Djibril sie als Wanderarbeiter ein, so ging das seit Generationen und keiner wusste, wie lange es noch dauern sollte, bis sie ihre Schulden abgeleistet hatten.

Robin rieb sich die Hände. »Jetzt sind wir in Führung, die anderen haben es nicht geschafft. Alles ist offen.«

»Gut für Einschaltquoten«, sagte Bronto. »Konnte mein Schiff reparieren.«

»Wir sind auch gerade dabei. Bei uns haben die Rüsselpfeifer gut gewütet.«

»Habe Übertragung gesehen. Gute Idee – die Chips.«

»Ein Geniestreich«, meldete Robin unbescheiden an.

Harry zeigte auf das Buch, das Bronto in seinen langen Fingern hielt. »Du magst auch gedruckte Bücher?«

Bronto gestikulierte zustimmend. »Es ist beruhigend, ein gedrucktes Buch zu lesen. Dieser Händler hat Schätze.«

»Ich kann den Titel leider nicht lesen.«

»*Philosophie zur Uneinheit der pandiskursischen Dialektik.* Ein Klassiker, den mein Volk seit Generationen ehrt. Habe es oft gelesen, es zu besitzen wird schön sein. Was liest du?«

Robin und Nick warfen sich schmunzelnd einen Blick zu.

»Also, na ja«, begann Harry mit immer röter werdenden Ohren. »Es ist ein Fortsetzungswerk über eine fiktive Zukunft der Menschheit. Auch ein Klassiker, der schon seit Generationen gelesen wird.«

Nick fügte hinzu: »Eine fiktive Zukunft, die sehr daneben liegt.«

»Sehr«, bestätigte Robin.

Bronto drehte sich zu ihnen. »Kunst zeigt Sehnsüchte der Gesellschaft, nicht ihre Leistungen.«

Harry sagte: »Du bist auch ein Philosoph.«

Bronto wiegte den Kopf und pfiff – er lachte. Mit einem Finger tippte er auf das Buch. »Nur ein gutes Gedächtnis. Steht hier drin.«

Jetzt lachten sie alle.

Der Händler kam zu ihnen. Er war ein Noiderianer, wie der Hafenmeister – fluchte aber nur halb so viel wie dieser, während er mit Harry und Bronto um den Preis der Bücher feilschte.

Robin und Nick gingen ein paar Schritte fort und sahen sich die Bücher an. »Das sind alle Sprachen der Galaxis«, sagte Robin. »Das hier ist in Merdianischer Norm.«

»Ob wirklich Leute aus dem Merdianischen Reich hierher kommen?«, fragte Nick. »Das wäre eine ganz schöne Reise.«

Robin zuckte mit den Schultern. »Vielleicht ist das eher für die Weltenbummler interessant, die hier vorbeikommen.«

Nick zeigte zum Händler. »Sieh dir das an: Paps und Bronto werden von Fans belagert.«

Tatsächlich hatte sich eine Traube um die beiden gebildet. Sie wurden um Autogramme gebeten und darum, mit den Touristen auf Fotos zu posieren. Da sie nicht unhöflich sein wollten, spielten sie mit. So wurden sie von Tentakeln umarmt, kritzelten ihre Namen auf Schuppen und ließen sich für Autogramme Namen buchstabieren, bei deren Aussprache sie eine verrenkte Zunge riskierten.

Nick sah seine Schwester an. »Na, willst du auch vom Ruhm kosten?«

Sie winkte ab. »Die beiden brauchen unsere Hilfe nicht.«

Sie ging um ein weiteres Bücherregal und Nick folgte ihr, um nicht doch noch von Autogrammjägern gesehen zu werden. Dabei rannte er seine Schwester um, sie war nur ein paar Schritte gegangen und dann stehengeblieben. Interessiert musterte sie eine Gruppe von Heranwachsenden, die ein paar Meter weiter ein fieses Spiel spielten.

Es waren vier Teenies, die einen anderen ärgerten. Zwei von ihnen waren bärenähnliche Noiderianer, die anderen beiden stammten vom Xaliba: Sie hatten stämmige Beine und starke Arme. Auf einem langen Hals balancierte ein breiter Kopf, an dessen schmalen Seiten große Augen blinzelten.

Die Halbstarken warfen sich ein Buch zu – und in ihrer Mitte stand ein kleiner Yanik, der nach dem Buch griff; nur viel zu langsam, da ihm seine Physis keine schnellen Bewegungen erlaubte.

»Warum willst du es überhaupt zurück?«, fragte einer der Xalibaner. »Du kannst doch gar nicht lesen.«

»Kann ich«, sagte der Yanik. Sein langer Arm reckte sich langsam zu dem Arm des Xalibaners.

»Lesen kannst du vielleicht – aber nur sehr langsam. So wie deine Art alles nur sehr langsam kann.« Er wartete bis zum letzten Moment und warf das Buch dann einem seiner Kumpel zu.

Die vier lachten.

Der Yanik drehte sich um und machte einen Schritt auf den Fänger zu. »Habe es gekauft.«

Der Noiderianer fauchte verächtlich. »Dann verdienst du zu viel.«

»Habe gespart«, sagt der Yanik.

»Pech!«, war die Antwort und das Buch flog zum Nächsten.

Wieder folgte der Yanik seinem Besitz.

Der zweite Xalibaner blätterte durch die Seiten und verzog das Gesicht, als hätte er etwas Ekliges in der Hand. »Wieso gibst du für so einen Müll überhaupt dein Geld aus? Gibt's das nicht als Holofilm?«

»Ist Philosophie«, sagte der Yanik.

»Denken strengt dich doch nur zu sehr an«, sagte der Xalibaner. »Besser, du putzt oder schmilzt Steine – oder was auch immer ihr Yaniks den ganzen Tag macht. Wenn wir dir das hier wegnehmen, ersparen wir dir Kopfschmerzen.«

Er warf es dem vierten Halbstarken zu – einem großen, kräftigen Noiderianer. Der fing das Buch nicht auf, sondern ließ es vor seine Füße fallen.

Der Yanik trat vor ihn.

Die anderen drei rieben sich Hände und Tatzen.

Der Yanik bückte sich und streckte seinen Arm aus.

Da stellte der kräftige Noiderianer seinen Stiefel auf das Buch. Er sah auf den Yanik herab, der vor ihm in der Hocke saß. »So etwas ist nichts für einen Steinhacker wie dich! Du gehörst auch nicht hierher, auf die oberen Etagen. Warum bist du nicht in euren Höhlen?«

Die anderen drei lachten und zogen den Kreis enger.

Ein paar Meter entfernt, schnaubte Robin.

Nick sagte leise: »Es wäre nicht klug, sich da einzumischen.«

»Der Junge braucht Hilfe.« Robin konnte diese Szene nicht auf sich beruhen lassen. Diese Ungerechtigkeit musste beendet werden, der Yanik unterstützt. Eine Flamme loderte in ihrem Innersten, die sie zum Handeln zwang.

»Ich regel das allein«, sagte sie und marschierte auf die vier Halbstarken zu.

Nick wusste, dass seine Schwester es so meinte, wie sie es sagte. Sie erwartete keine Hilfe von ihm. Nur: Sie war seine Schwester – und im Recht. Also würde er ihr den Rücken freihalten.

»Hey, gebt ihm sein Buch und lasst ihn in Frieden!«, rief Robin.

Bärenköpfe und Hammerschädel drehten sich zu ihr um.

Der Yanik richtete sich auf. »Nicht nötig«, sagte er zu Robin.

»Ich denke doch«, gab Robin zurück. Sie fixierte den Anführer der Truppe mit ihrem Blick.

Der Noiderianer stemmte seine Tatzen in die Hüften. Seine sehr großen Tatzen. »Scher dich weg. Das geht nur uns und den was an.«

»Nicht mehr. Also?«

»Was also?«

Robin trat in den Kreis, stellte sich neben den Yanik, direkt vor den Anführer. Ihr Kinn erhoben, fragte sie: »Hast du nichts Besseres zu tun? Zum Beispiel Bücher lesen, anstatt auf ihnen herumzutrampeln?«

Der Noiderianer bewegte seinen Fuß, als würde er das Buch in den Boden quetschen wollen. »Das hier ist viel unterhaltsamer.«

»Nicht mehr.« Robin streckte dem Yanik die Hand entgegen. »Lass uns gehen.«

Der Yanik sah zu seinem Buch, dann zu ihr. Er macht einen Schritt auf Robin zu.

»Du bleibst hier!«, rief der Anführer und packte den Yanik. Der quietschte vor Schmerzen.

Robin nutzte die Unachtsamkeit des Anführers, packte das Buch und zog es ihm unter dem Fuß weg.

Völlig überrascht, verlor der Noiderianer das Gleichgewicht und mit einem Donnern fiel er auf seinen Hintern.

Seine Leute erstarrten.

Der Yanik war frei. Also griff Robin seine Hand und zog ihn mit sich. Sie wollte so schnell wie möglich Land zwischen ihnen und den Schlägern gewinnen.

Die drei Halbstarken gingen zu ihrem Anführer, um ihm aufzuhelfen.

Robin und der Yanik schafften es aus dem Kreis, sogar einige Schritte weit.

Schon rief der Anführer: »Packt sie!«

*Gleich sind wir dran*, dachte Robin. Der Yanik bewegte sich träge und er war nicht größer als sie, seine Schritte also nicht besonders lang. Sie wollte schon nach ihrem Vater rufen.

Da trat Nick hinter einem der Bücherregale vor und zeigte auf den Boden. Robin folgte mit dem Blick seiner Geste und erkannte sofort seinen Plan: Das Regal stand auf Rädern und Nick hatte die Bremsen gelöst.

*Wir müssen es nur bis dahin schaffen*, dachte sie. Es waren keine drei Meter.

Da packte sie eine Hand an der Schulter. »Jetzt bist du dran! Ich mach dich alle«, fauchte jemand hinter ihr.

Robin trainierte seit Jahren, um eine Agentin zu werden. Deswegen hatte sie mit Haja und Nick auch einige Fernkurse in Selbstverteidigung absolviert; in Theorie und in Praxis.

Als die Hand auf ihrer Schulter zugriff, ließ sie den Yanik los, drehte sich im Laufen um die eigene Achse, hob ihren Ellenbogen über den Arm des Angreifers und drückte ihn herab. Den eigenen

Schwung nutzend, beschrieb Robin mit ihrem anderen Arm einen Bogen und hämmerte das Buch von oben auf den breiten Kopf ihres Gegners.

Der Xalibaner verlor das Gleichgewicht, strauchelte – und Robin stellte ihm ein Bein. Er stürzte und einer seiner Kumpel stolperte über ihn.

Robin freute sich nur einen kurzen Moment – bis sie den Anführer sah, der auf sie zustürzte. Seine Augen funkelten böse. Würde er sie in die Hände bekommen, gab es kein Pardon.

Sie drehte sich um und rannte, so schnell sie konnte. Sie glaubte zu spüren, wie sein vor Wut glühender Blick ihre Nackenhaare versengte.

Sie lief an Nick vorbei.

Er verschob das Regal.

Im nächsten Moment krachten die wutschnaubenden Halbstarken in die bewegliche Bücherwand. Bücher flogen durch die Luft, das Regal wurde nach vorne geworfen, kollidierte mit einem Zweiten, das ebenfalls nachgab. Der Radau war ohrenbetäubend.

Nick, Robin und der Yanik sprangen zur Seite, um nicht getroffen zu werden.

Die Halbstarken fluchten und jammerten und fluchten noch lauter, als sie sich durch die Bücher kämpften.

Nick grinste. »Wir bekommen Verstärkung.«

Robin grinste zurück.

Der Buchhändler tauchte auf und stieß einen ellenlangen Bandfluch aus.

Robin zeigt auf die vier Halbstarken, die sich aufrappelten. »Die haben alles umgeworfen.«

Der Buchhändler ballte seine Tatzen. »Ich bringe euch vor den Richter! Ich rufe die Polizei! Ihr kommt für den Schaden auf! Und wagt bloß nicht, abzuhauen!«

»Rückzug«, sagte Nick leise.

Robin und der Yanik hielten das für eine gute Idee und folgten ihm durch die Regale.

»Ich bin Robin«, sagte Robin und reichte dem Yanik das Buch.

»Danke. Ojox«, sagte der junge Yanik und nahm das Buch an.

»Okay, Ojox. Vielleicht solltest du besser schnell nach Hause und auch die nächsten Tage nicht mehr hierher kommen«, riet ihm Robin.

»Schade. Bester Buchladen. Aber gute Idee«, sagte Ojox. »Dort Vater.«

Robin und Nick sahen, wohin er zeigte und waren überrascht. Denn ihr Vater und Bronto standen beim Vater von Ojox und unterhielten sich mit ihm.

»Erzählen Vater, was ihr getan«, sagte Ojox.

Nick und Robin sahen sich an. Was ihr Vater wohl dazu sagen würde, dass sie sich mit einer Gruppe Halbstarker angelegt hatten?

»Immerhin haben wir gewonnen«, flüsterte Robin ihrem Bruder zu, als sie zu den Erwachsenen gingen.

»Für Paps ist eine Auseinandersetzung nur dann gewonnen, wenn man sie vermeidet«, sagte Nick.

»Wenn man nie Stellung bezieht, regieren am Ende die Arschlöcher.«

Nick seufzte. »Immerhin haben wir gewonnen.«

Sie traten zu den Erwachsenen. Ojox sprach mit seinem Vater in der Sprache der Yanik über das Geschehene.

Harry fragte seine Kinder: »Wisst ihr, was das für ein Radau da eben war?«

»Ein paar Typen haben Bücherregale umgeworfen«, sagte Robin schnell. »Der Händler hat sie erwischt.«

Harry wiegte den Kopf. »Mit dem würde ich mich nicht anlegen wollen.«

Da sahen sie schon drei Pilzroboter zu dem Bücherstand fliegen. Sie schwebten über die Regale zum Tatort.

»Die Polizei ist aber schnell hier«, sagte Harry.

*Hoffentlich erzählen die Schläger nicht alles, und dann sucht man nach uns*, dachte Robin. »Wir sollten weiter.«

»Oh, ich war gerade in einem interessanten Gespräch mit Bronto und Ogno ...«

»Wir haben noch so viel einzukaufen«, meinte Robin.

»Und du willst doch bestimmt schnell deinen Perry lesen«, sagte Nick.

Harry sah zu den drei Yanik. »Ich will aber auch nicht unhöflich sein.«

Robin und Nick wechselten einen nervösen Blick.

Da trat Bronto zu ihnen. »Wurde zu einem Essen eingeladen. Ihr auch – wenn ihr mögt.«

»Klar!«, rief Robin erfreut. Alles war gut, was sie schnell hier wegbringen würde.

Harry grinste. Er liebte es, fremde Kulturen kennenzulernen. Dafür reiste man schließlich durch das All. Höflich sagte er: »Nur, wenn es nicht zu viele Umstände macht.«

»Das liegt bei Ihnen«, erwiderte Bronto. »Wir müssen in die unteren Ebenen.«

Nick trat vor. »Zu den Maschinendecks.«

»Ja.« Bronto wiegte den Kopf. »Sehr ungastlich.«

Harry sah zu seinen Kindern. Beide nickten. »Wir fühlen uns geehrt.«

*

Tia schlurfte in die Messe, ließ sich auf ihren Platz am Esstisch fallen und legte die Füße auf den Stuhl neben ihr.

Sofort kam Nelson herbeigerollt. »Kann ich Ihnen etwas bringen?«

»Einen Karamell-Milchshake«, sagte Tia. Dann wandte sie sich dem Flur zu und rief: »Sylvester, willst du was trinken?«

»Ein kaltes Ale«, kam es aus dem Flur zurück.

»Oh, gute Idee. Ich will auch lieber ein Ale.«

Nelson rollte in Richtung Küche. Als er zurückkam, hatte auch Sylvester auf seinem Stuhl Platz genommen. Keinem war zum Sprechen zumute und sie tranken schweigend ein paar erfrischende Schlucke.

Da brummte Tias MultiArmband. Sie erwartete, Harry oder Haja würden sie sprechen wollen. Also nahm sie das Gespräch an und schaltete es – ohne hinzusehen – auf den Holoprojektor der Messe.

Über dem Tisch entstanden die Abbilder von Nigo Linh, Misa Chiaki und Chiwetelu Zinder.

»Was ist?«, fragte Tia, die nicht hinsah.

»Wir wollten fragen, wie es euch so geht? Feiert ihr gerade?«, fragte Nigo.

Erschreckt sah Tia zu den drei Vorständen der Terranischen Post und setzte sich auf, das Bier noch in der Hand.

»Guten Tag, zusammen. Feiern? Nein, dazu hatten wir noch keine Zeit. Haja repariert das Schiff, Harry und die Kinder sind Einkaufen und Sylvester und ich haben Interviews gegeben.«

Nigo räusperte sich. »Ich habe mir die Übertragung angesehen. Eure Antworten waren recht ... nun ja ... knapp gefasst.«

»Ach.« Tia nahm demonstrativ einen langen Schluck. »Ich kenne mich mit sowas nicht aus. Nigo, willst du das vielleicht übernehmen?«

Nigo lehnte sich zurück. »Wäre das denn angemessen? Man will ja euch sprechen. Ich bin nur ...«

»Jemand, der sich mit Pressearbeit besser auskennt als sonst wer, den ich kenne. Du würdest mir damit einen Gefallen tun.« *Ich könnte mich auf das Rennen konzentrieren und muss mir deine Belehrungen nicht anhören*, dachte Tia.

»Also, wenn das eine Hilfe wäre«, sagte Nigo und rieb sie die Hände. »Oder gibt es Einwände?«

Chiwetelu verdrehte die Augen. »Mach ruhig.«

Misa zuckte die Schultern. »Von mir aus.«

»Na dann«, sagte Nigo grinsend.

Tia sah zu Sylvester. *Vermutlich hat Nigo darauf gehofft und wird jetzt jede Chance nutzen, für die Post Werbung zu machen. Wenn es ihn glücklich macht.*

Misa meldete sich zu Wort: »Ihr habt wirklich toll gekämpft. Wir an Bord haben euren Zieleinflug live gesehen und uns die Nägel abgekaut. Gut geflogen, Tia!«

Tia lächelte. »Danke. Wir hatten wirklich Glück.«

»Ihr habt das durch Teamgeist geschafft.«

Jetzt sagte Sylvester: »Wir hatten Glück, dass die anderen so unvorbereitet waren. Keiner hat angenommen, dass das Problem an Bord sein würde. Sie haben wohl mit Barrieren oder etwas Ähnlichem gerechnet. Noch einmal wird den anderen das nicht passieren.«

Nigo wiegelte ab. »Mal nicht so pessimistisch. Ihr seid richtig gut platziert.«

Sylvester schüttelte den Kopf: »Wir fliegen gegen den besten Rennflieger des Kooperationssektors, eine militärisch ausgebildete Kampfpilotin und ein Schiff der Technosophen, die was weiß ich für Tricks auf Lager haben.«

»Keine gegen Rüsselpfeifer«, wandte Nigo ein.

Chiwetelu sagte in seiner beruhigenden Art: »Ein sehr buntes Feld, und jeder hat seine Gaben – aber auch Schwächen. Die *Feuerpfeil* von Chaynee Paramour ist sicherlich das schnellste Schiff, jedoch auch das anfälligste.«

Tia nickte. »Sicher, die *Feuerpfeil* ist ein Rennbolide, der wohl nur auf dem Dock repariert werden kann. Das Schiff ist so hochgezüchtet, da ist kein Gramm Masse zu viel drauf. Ich frage mich eher, warum Garula mit ihrem Kanonenboot noch nicht hier ist. Man sollte meinen, so ein Boot ist für alle Eventualitäten ausgestattet?«

»Für Kämpfe und Bedrohungen von außen, sicher«, meinte Sylvester. »Die Rüsselpfeifer haben in kurzer Zeit all unsere Hyperraumkabel gefressen. Das ersetzt man nicht mal eben so.«

Chiwetelu sagte: »Von den Technosophen hätte ich das eher erwartet. Mich wundert, dass sie kein helfendes Gimmick zur Hand hatten.«

Nigo warf ein: »Die Ambroses hatten halt den richtigen Köder und waren clever genug, ihn einzusetzen.«

Tia runzelte die Stirn und sah Nigo misstrauisch an. *Er ist erstaunlich gut gelaunt. Hätte ich ihm doch nicht unsere PR überlassen sollen?*

»Also gut, genug Honig um den Bart geschmiert«, sagte da Sylvester. »Warum führen wir dieses Gespräch wirklich? Rückt schon damit raus.«

Die drei Holos sahen sich an. Dann meinte Nigo: »Es geht um die KosmoKuriere.«

Tias Augenbrauen zuckten in die Höhe.

»Ja, seit unserem letzten Posttreffen hat sich dieser Begriff durchgesetzt«, führte Nigo aus. »Der Widerstand gegen die Öffnung der Post ist zwar weiterhin vehement – aber nur von einer überschaubar großen Gruppe. Die meisten scheinen sich an die Idee langsam zu gewöhnen.«

Tia sah alle drei der Reihe nach an. »Warum sprechen dann nur wir miteinander? Warum gibt es keine vollwertige Sitzung?«

»Zu viele Unklarheiten«, sagte Chiwetelu.

Misa zeigte auf sich. »Ich denke immer noch, wir sollten unsere Schiffe bewaffnen, wenn wir in die Grenzgebiete des Sektors fliegen. Das sehen nicht alle so.«

Nigo sagte: »Ich denke, es muss verankert bleiben, dass die Post von Terra geleitet wird. Aus vielen Gründen gäbe uns das rechtliche und organisatorische Sicherheit.«

Chiwetelu meinte: »Wir als Vorstand sprechen mit jedem Schiff und jeder Filiale, um in Ruhe ein Meinungsbild zu erstellen. Wie gesagt: Die Mehrheit ist dafür. Es geht aber um wichtige Weichenstellungen.«

Tia konnte sich vorstellen, was für eine kleinteilige, zeit- und nervenintensive Arbeit das war. Sie musste nur eine Crew zusammenhalten, die schon so lange miteinander flog, dass sie zu einer Einheit geworden war. Auch wenn alle Postfahrer nach den gleichen Regeln lebten, waren ihre Meinungen und Weltanschauungen häufig unterschiedlich. Das Postmanifest war der Anker, der alle zusammenhielt; zumindest bei denen, die es gelesen hatten. *Und bei jeder Neuauflage gibt es diese nervtötenden Diskussionen. Aber die Wandlung von der terranischen Post in die KosmoKuriere ist die größte Veränderung seit – ja, seit der Gründung.* »Ich beneide euch nicht.«

Misa winkte ab. »Es ist auch aufregend, vielleicht schreiben wir Geschichte!«

Nigo räusperte sich. »Nun, wie auch immer. Ihr erhaltet gleich einen Fragebogen, den ihr bitte ausfüllt. Die hundert Fragen sollen uns helfen, das Stimmungsbild konkret zu erfassen.«

»Hundert Fragen?«, rief Tia.

»Im ersten Durchlauf, ja.« Nigo nickte ernst. »Noch etwas: Wir würden eure Beteiligung beim Djibril-Cup gerne dazu nutzen, um Werbung für die

Post zu machen – um zu sehen, ob sich Nicht-Terraner dafür interessieren.«

Tia sah zu Sylvester. »Was hat das eine mit dem anderen zu tun?«

»Das Postlogo prangt meterhoch auf unseren Heckfinnen«, sagte Sylvester. »Das reicht schon, um Leute neugierig zu machen.«

»Korrekt, seit eurer Qualifikation haben wir schon etliche Anfragen reinbekommen«, sagte Nigo.

»Klar«, meinte Sylvester. »Jeder mag Gewinner. Nur was ist, wenn wir bei der nächsten Etappe versagen?«

»Da ich jetzt die Pressearbeit mache, wird das bestimmt nicht allzu schlimm werden.«

Tia trank einen großen Schluck. *Ich habe ihm also in die Hände gespielt.* Aber warum auch nicht? Sie fand die Idee der KosmoKuriere aufregend. Sollte Nigo doch Werbung dafür machen.

Sie sah zu Sylvester herüber. Er stand den KosmoKurieren sehr viel kritischer gegenüber. Sie erwartete, von ihm Widerworte zu hören.

Stattdessen stand Sylvester auf, nahm sein Bier und sagte: »Ich lege mich etwas hin. Tschüss zusammen.«

Tia sah ihm nach, wie er die Messe verließ.

Nigo sagte: »Gut, wir schicken dir den Fragebogen. Wollen wir dann jetzt unsere Pressetaktik absprechen?«

Das ging Tia nun doch zu schnell, sie wollte sich von Nigo nicht überfahren lassen. Deshalb sagte sie: »Erstmal der Fragebogen. Für die Presse will ich Harry dabei haben. Ich melde mich.«

»Wir sollten uns schnell absprechen«, drängelte Nigo.

»Sicher – bis bald«, sagte Tia und unterbrach die Verbindung. »Nelson? Bring mir bitte noch ein Bier.«

*

Der Schweiß lief Nick in den Kragen. Es war weniger die Temperatur, als die schwere, drückende Luft, die ihn schwitzen ließ. »Ist die Lufterneuerungsanlage defekt?«, fragte er Bronto.

Ein Yanik vor ihnen drehte sich um. »Haben Stromvorrat fast aufgebraucht. Müssen sparen, übermorgen beginnt ein neuer Zyklus. Wenn unangenehm, leiten wir mehr Strom zum Lufterneuerer.«

Nick musste einen Moment nachdenken. Er lebte seit seiner Geburt auf einem Raumschiff, auf dem es immer Energie gab: kostenlos und ausreichend. Nur bei Unfällen wurden einzelne Systeme heruntergefahren. Ansonsten versorgte das Kraftwerk die *Jig* jederzeit mit aller Energie, die gebraucht wurde. Natürlich musste die Reaktormasse erneuert werden, was Geld kostete; dass man regelmäßig haushalten musste, war ihm völlig fremd.

Er fand die Vorstellung beklemmend.

Erst jetzt bemerkte er, dass alle Yaniks auf seine Antwort warteten.

»Nein, ist schon gut«, versicherte er schnell. »Ich gewöhne mich schon daran.«

Die Yaniks gingen weiter.

Harry nickte ihm ein *Gut so* zu.

Sie gingen durch schmale Gänge, die mit Laserschneidern in den Asteroiden gebrannt worden waren. Die Deckenbeleuchtung erlosch, sobald sich niemand in der Nähe befand. Immer wieder stützten Bögen aus Plastikstahl das Konstrukt. Bei vielen Deckenträgern mussten sich die Yaniks bücken, um nicht mit den Köpfen daran zu stoßen.

»Warum haben sie die Wege zu niedrig für sich gebaut?«, fragte Nick leise.

Harry verzog verärgert das Gesicht. »Bestimmt wurde es ihnen so aufgetragen. Diese Minen wurden im Auftrag der Djibril angelegt. Entweder wollten sie Kosten sparen – oder die Yaniks daran erinnern, ständig den Kopf zu neigen.«

Nick blieb stehen und betrachtete die nächste Stützkonstruktion genauer. Es gab keinen ersichtlichen Grund, warum der Gang nicht einen halben Meter höher angelegt sein könnte. Nick wandte sich seiner Schwester zu, die neben ihm stand. »Was glaubst du?«

»Dass ich die Djibril gerne danach fragen würde«, sagte sie. »Komm, wir verlieren sie noch.«

Wenig später erreichten sie ihr Ziel: einen kreisrunden Saal von fünf Stockwerken Höhe. Treppen und Geländer verliefen an den Wänden, in denen Türen und Fenster eingelassen waren. Die Wände waren bunt bemalt, vermutlich von Kindern, man hörte Gespräche aus den offenen Fenstern, jemand sang.

Im Zentrum des Saals gab es eine Küche, um die ein Tresen verlief. In loser Formation standen große Tische für mehrere Personen, einige waren besetzt.

Ihre Begleiter sagten ein paar Sätze in ihrer Sprache und alle standen auf. Sie hoben ihre Arme, was wohl ein Zeichen der Begrüßung war, und dann stellten sie viele Tische zusammen.

Bronto deutete auf leere Stühle. »Bitte setzen. Essen wird uns gebracht.«

»Guten Tag«, sagte Harry auf Galaktowelsch. »Vielen Dank für die Einladung.«

»Gerne«, sagte Ogno. Er umarmte seinen Sohn Ojox. »Freuen uns über Besuch. Wollen uns bedanken.«

»Wofür?«, fragte Harry.

»Andere Völker, andere Sitten«, ging Robin dazwischen.

Harry wurde von der Frage abgelenkt, da immer mehr Yaniks sich zu ihnen gesellten. Es dauerte nicht lange, und sie saßen mit gut fünfzig Yaniks an einer großen Tafel. Viele andere standen auf dem unteren Balkon und verfolgten die Gespräche von dort. Es waren Alte und Junge, Frauen und Männer.

Kurz darauf wurde das Essen serviert: ein dicker, pampiger Eintopf mit Fleischbällchen. Er schmeckte herzhaft und gut gewürzt.

»Du fliegst gut«, sagte Ojox und stupste Bronto an.

Der stupste freundlich zurück. »Danke. Bin Frachterpilot, flog von Urpajid.«

»Deine Familie lebt noch dort?«

»Nein, sie zogen weiter. Sind auf Treck.«

Ogno wiegte den Kopf. »Familie meines Bruders auch.«

Viele der Yaniks wiegten ihre Köpfe.

Neugierig fragte Robin: »Was bedeutet das: Auf Treck sein?«

Bronto erklärte: »Wenn Arbeit an einem Ort beendet, gehen wir auf Treck. Djibril bringen uns an anderen Ort, wo wir gebraucht werden.«

»Geht ihr freiwillig? Oder werdet ihr gezwungen?«

»Niemand zwingt uns. Haben keine Arbeit, wenn nicht mit Treck gehen.«

Robin schüttelte unwillig den Kopf. »Dann findet eine andere Arbeit. Oder werdet selbständig. Du bist doch Pilot, du würdest bestimmt einen Job finden.«

»Nein. Werde nicht.«

»Klar.«

Harry legte seinen Löffel zur Seite. »Niemand würde den Djibril ihre Arbeiter wegnehmen.«

»Was können die denn schon dagegen tun?«, fragte Robin. »Ihr seid frei, alles zu tun, was ihr wollt. Die Djibril haben kein Militär oder so, mit dem sie euch unterdrücken könnten.«

»Brauchen sie nicht«, sagte Bronto.

»Was? Wieso macht ihr nicht, was ihr wollt?«

»Niemand gibt uns Arbeit, wenn Djibril es nicht wollen.«

»Habt ihr es denn schon mal versucht?«

»Einige.«

Der andere Yanik, Ogno, sagte: »Alle kamen zurück.«

»Wieso?«

Jetzt sagte Harry: »Die Djibril sind die mächtigsten Unternehmer des Kooperationssektors. Nicht umsonst hat ihr Oberhaupt den Titel Merkantile Majestät.«

»Schöner Titel«, sagte Robin. »Das erklärt nicht, warum die Yaniks nicht einfach ihre Arbeitsverträge lösen und neue Jobs suchen können.«

»Die Unternehmen der Djibrils sind über den ganzen Sektor verteilt, sie besitzen Schlüsselfirmen in nahezu allen wichtigen Lieferketten. Nehmen wir an, jemand würde Bronto als Frachtflieger anstellen. Dann würden einige Kunden abspringen und sich ein anderes Frachtunternehmen suchen. Kurz darauf verzögert sich die Lieferung von Ersatzteilen für die Raumschiffe des Unternehmens. Oder andere Piloten werden abgeworben, weil ein Unternehmen der Djibril ihnen Jobs anbietet – höher bezahlt und mit guten Konditionen.«

»Familie würde keine Arbeit für Djibril machen dürfen«, fügte Bronto hinzu. »So werden alle arm.«

»Alles bleibt«, sagte Ogno. Er legte sacht eine Hand auf den Kopf von Ojox. Der Junge lehnte sich an seinen Vater.

Nick verstand nun, warum die Yaniks lieber ihre Arbeit für die Djibril verrichteten. Sie hatten in diesem Sektor keine andere Wahl. Und außerhalb des Sektors? *Dürfte es genauso schwer sein,* dachte er. *Vielleicht noch schwerer.*

Pragmatisch nahm er es als gegeben hin, als einen weiteren Beweis, wie unfair dieses Universum war. Es war bitter, davon zu hören, aber müßig sich darüber aufzuregen. Wer waren sie schon? Eine kleine Gruppe von Postfliegern, die Pakete zustellten.

Selbst Terraner waren nur geduldete Zaungäste; sie hatten im Kooperationssektor nichts zu sagen, geschweige denn genug Macht etwas zu verändern. Terraner waren politisch, wirtschaftlich und militärisch unteres Mittelfeld – wohlwollend gesehen. Sie konnten froh sein, dass die Erde in einem Sektor der Galaxis lag, in dem niemand Interesse daran hatte, andere zu unterwerfen, nur weil er Lust darauf hatte oder es seinem Ego guttat. *Läge die Erde im Merdianischen Reich oder im Gebiet der Allianz der Unbesiegten, hätte man uns schon längst erobert,* dachte Nick.

Nick sah zu Robin und war nicht überrascht, sie verärgert zu sehen. Wann immer sie etwas als ungerecht empfand, wollte sie dagegen vorgehen. Robin war nie bereit, Ungerechtigkeit als gegeben, unveränderbar zu akzeptieren. Mit kaum unterdrückter Wut, fragte Robin: »Das läuft so, seit ihr euren Heimatplaneten verlassen musstet?«

»Ja.«

Nick wollte es genauer wissen. »Warum musstet ihr das tun?«

»Heimat war zerstört. Wir zerstörten sie«, sagte Bronto. »Unsere Vorfahren nahmen dem Planeten die Bodenschätze und vergifteten Luft, Wasser und Erde. Als sie Fehler erkannten, war keiner da, um sie anzuführen. Niemand vertraute dem anderen. Als der Untergang kam, kamen die Djibril. Sie nahmen unsere Vorfahren mit ihren Raumschiffen mit. Wir hatten nichts, außer unserer Kraft. Und die geben wir bis heute.«

»Seit wann geht das so?«, fragte Nick.

»Sieben Generationen«, sagte Robin, die sich an ihr Gespräch erinnerte.

»Richtig.« Bronto sah Robin einen langen Moment an. Seine Mimik unbeweglich und unlesbar. »Dreihundertfünfzig Standardjahre.«

»Und wann habt ihr genug?«, fragte Robin scharf.

»Wenn es so weit ist«, sagte Ogno. »Und dann preisen wir Yanon Artis.«

»Wen?«

Alle am Tisch griffen in eine Tasche ihrer Kleidung und holten eine kleine Figur hervor. Sie stellte eine Yanik dar, gekleidet in eine Robe, mit goldig schimmernden Halos um jede Hand.

»Unsere Prophetin«, sagte Bronto. »Als Djibril unsere Heimat aufsuchten, waren sich Anführer uneins, ob wir mit ihnen ziehen sollten. Yanon Artis riet, wir sollten aufbrechen. Sie prophezeite eine Diaspora harter Arbeit. Und ihr Ende, wenn wir unsere Heimat nicht mehr brauchten. Sie führte uns an.«

Robin verschränkte die Arme vor der Brust. »Ihr habt auf eine Prophetin gehört und seid seitdem Wanderarbeiter, die von der Merkantilen Majestät ausgenutzt werden. Trotzdem betet ihr diese Prophetin noch an?«

Bronto erwiderte: »Die nicht auf sie hörten, sind tot.«

»Gutes Argument«, sagte Nick.

Robin schüttelte den Kopf. »Ihr könnt doch nicht einfach abwarten. Ihr müsst einen Weg finden, aus dem Mist rauszukommen.«

»Welcher wäre das?«, fragte Bronto.

»Schließt euch zusammen und geht einfach. Oder streikt.«

»Wir sind nicht zusammen«, sagte Ogno. »Unsere Familien sind verstreut. Es gibt keinen Ort für uns alle. Was uns verbindet, ist Yanon Artis. Sie hält unsere Gemeinschaft zusammen. Unser Glaube vereint uns.«

»Reicht euch das?«, fragte Robin erstaunt. »Ihr könntet es besser haben. Ihr müsst nur dafür einstehen!«

Jetzt ging Harry dazwischen. »Entschuldigt bitte meine Tochter.«

»Warum denn?«, fragte Robin leidenschaftlich.

Harry schüttelte den Kopf. »Du kannst nicht einfach ihren Glauben in Frage stellen.«

»Wenn er sie daran hindert, aktiv für eine bessere Zukunft zu sorgen – dann schon.«

Harry sah sie streng an. »Sei nicht so selbstgerecht. Wenn der Glaube stark genug ist, dieser Gemeinschaft trotz allem Halt zu geben, dann ist das bewundernswert.«

»Er hält sie auf!«

»Und zusammen.«

»Er trennt sie, weil er sie akzeptieren lässt, was die Djibril mit ihnen tun. Gerade weil sie getrennt sind, finden sie nicht die Stärke, gegen ihr Wanderleben vorzugehen. Dieser Glaube lässt sie Ungerechtigkeit erdulden, anstatt sie zu bekämpfen.«

»Lass gut sein, Robin«, sagte Harry leise.

Ogno hob beide Hände. »Ohne Yanon Artis wäre unsere Gemeinschaft verloren gegangen. Egal auf wie vielen Trecks wir sind, sie vereint uns in unseren Gebeten.«

Robin verzog unwillig das Gesicht. »Besser ihr vereint eure Kräfte in einem Streik.«

»Du glaubst, wir sind dumm«, sagte Ogno.

»Das ... das habe ich nicht gemeint«, sagte Robin verlegen. »Ich will nur helfen.«

Nick wollte seiner Schwester aus der Misere helfen, und fragte: »Was meinte Yanon Artis damit: Die Diaspora wird enden, wenn ihr die Heimat nicht mehr braucht?«

Ogno sah zu ihm mit jener undeutbaren Miene. »Über das Ende bestimmen wir. Niemand sonst.«

Nick runzelte die Stirn. »Ist das nicht das, was Robin sagte? Dass ihr es in der Hand habt, wann die Wanderschaft aufhört?«

»Genau das meinte ich«, versicherte Robin.

Ogno sah sie an. »Gut.«

Robin warf ihrem Bruder einen dankbaren Blick zu.

Bronto sah von ihr zu Nick und Harry. »Habt ihr einen Glauben?«

Harry tippte sich auf die Brust. »Ich gehöre zu den Chaoten Christi.«

»Habt ihr einen Propheten?«

»Ja. Jesus Christus, der Sohn des Gottes, an den wir glauben. Er wurde vor einigen tausend Jahren in einem Stall geboren. Seine Eltern waren einfache Handwerker.«

»Euer Gott ist ein Handwerker?«

»Nein.« Harry lachte gutmütig. »Jesus wurde von Gott auf die Erde geschickt, aber er wurde als Mensch geboren. Damit er die Wege der Menschen besser verstand als Gott selbst. Und damit er zu uns direkt reden konnte, in unserer Sprache.«

Nick sah sich um. Alle Yaniks hörten seinem Vater zu. Keiner von ihnen schien über Mimik zu verfügen, er konnte keine Regung in ihren Gesichtern erkennen. Sogar an ihre langsamen Bewegungen konnte man sich gewöhnen, aber dieses Fehlen jeglicher Regung war fremdartig. Waren sie an der Erzählung interessiert, gelangweilt, abgestoßen, angezogen? Selbst fremdartige Mimik wäre leichter zu akzeptieren als diese starren Mienen. *Man denkt, sie hätten keine Gefühle*, dachte Nick.

Ogno fragte Harry: »Was sagte der Sohn?«

»Das wir alle Gottes Kinder sind«, sagte Harry. »Das jeder von uns von Gott Gnade empfangen wird. Gott liebt uns, wie wir sind, und nach unserem Tod werden wir in sein Reich aufgenommen. Jeder von uns trägt die Verantwortung, ein ehrliches Leben zu führen: ehrlich gegenüber anderen und ehrlich zu sich selbst. Die Verantwortung für seine Taten trägt jeder selbst und es gehört zu unseren Pflichten, andere nicht einzuschränken. Wir alle sind gleich vor Gott.«

Ogno sagte: »Ihr wollt keinen anderen einschränken. Habt ihr Gebote? Regeln?«

»Nicht, wenn es um die Art geht, wie jemand zu Gott findet«, sagte Harry. »Daher nennen wir uns Chaoten Christi. In allen anderen Lebensbereichen halten wir uns an die Regeln der Gesellschaft, in der wir sind. Gesetze gelten für uns wie für jeden anderen auch.«

Ogno sagte: »Ihr trennt den Glauben vom täglichen Leben?«

Harry nickte. »Meistens.«

»Wenn jeder seinen eigenen Weg findet – seid ihr dann eine religiöse Gemeinschaft?«

»Wir sind wie Inseln im gleichen Meer.«

»Unsere Priesterinnen sind hoch angesehen. Sie lehren unsere Geschichte, lindern unsere Sorgen, bewahren Erbe. Was tun eure Priesterinnen?«

Harry schmunzelte. »Wir haben keine. Keine Priesterinnen, keinen Papst, keine Kirchenhäuser oder Rituale. Alles, was wir haben, ist ein Buch. Es steht jedem frei, es zu lesen und selbst zu finden, was er darin sucht.«

Alle Yanik schwiegen. Nach einer Weile sagte Bronto: »Dann führt euer Weg nach innen. Euch selbst zu erkennen.«

Harry grinste breit. »Ja. Nur wer sich selbst erkennt, führt ein ehrliches Leben.«

»Auch Yanon Artis sagt, dass unser Weg uns zu uns selbst führen wird.«

»Vielleicht treffen wir uns ja alle an unserem Ziel.«

»Klingt gut.«

*

Einige Stunden später saß die Besatzung der *Jig* um den Kiefernholztisch in der Messe.

Sylvester hatte Wraps mit Dosengemüse und auf dem Schiff angebautem Salat gemacht, verfeinert mit mehreren Soßen, aus denen man wählen konnte. Während des Essens hatten sie sich auf den neuesten Stand gebracht und beim Dessert, einem Himbeerquark, im Teleholo den Bericht angesehen, der über ihren Flug gesendet wurde. Immer wieder waren kurze Ausschnitte darin von dem Interview, das Tia und Sylvester gegeben hatten.

»Du bist echt fotogen, Mom«, sagte Robin.

»Das ist die Aura der Kompetenz«, gab Tia zurück. Sie hatte ihren übergroßen Blazer über die Stuhllehne gehängt und die Blusenärmel hochgekrempelt. Sie zeigte auf den letzten übrig gebliebenen Quark. »Will den jemand?«

Nach einem allgemeinen Kopfschütteln, nahm sie ihn sich.

Haja machte eine Geste dorthin, wo eben noch das Hologramm zu sehen gewesen war. »Okay, wir sind die Außenseiter, das ist unsere Story, verstehe ich. Warum haben die auf der *Jig* rumgehackt? Das war zu viel, findet ihr nicht? Ich meine, sie ist doch nicht aus Teilen zusammengeklebt, die wir auf dem Schrottplatz gefunden haben. Sie ist ein Klipper, die werden auf Terra in den neuesten Werften gebaut und immer verbessert.«

Sylvester drehte seinen Stock in der Hand. »Das gehört mit zu unserer Story: die Unbekannten, die es nur durch Glück in das Rennen schafften und nun überraschend kompetent sind. Da muss man halt auch das Schiff als etwas darstellen, dem man nichts zutrauen darf.«

»Was die über mich denken – geschenkt. Die *Jig* hat solche Kommentare nicht verdient.«

Nick unterstützte seine Mentorin. Immerhin war er ihre rechte Hand im Maschinenraum und ebensogroßer Fan ihres Schiffes wie sie. »Wir haben die erste Aufgabe nur wegen der Konstruktion der Dame geschafft. Jedes Teil kann von innen ausgebaut oder repariert werden, alles ist zugänglich und jedes Einzelstück im Speicher des Materiedruckers hinterlegt, so dass es nachgedruckt werden kann. Deswegen konnten wir alles reparieren.«

Haja fügte hinzu: »Und das ist Standard bei den Postklippern, sie sind so konstruiert.«

Robin runzelte die Stirn. »Ist das nicht bei allen Schiffen so?«

Haja schüttelte den Kopf. »Bei Paramours *Feuerpfeil* nicht. An einige Systeme ist nur von außen heranzukommen. So kann eine Werkstatt schneller darauf zugreifen. Das verkürzt die Zeit bei Wartungsarbeiten und das Schiff kann kleiner sein, da man Bereiche so bauen kann, dass niemand hinein muss.«

Nick fügte hinzu: »Je weniger Masse ein Rennschiff hat, desto schneller und wendiger.«

»Also hat der Kommentator recht: Die *Jig* ist ein ungewöhnliches Schiff für ein Rennen.«

Da sagte Sylvester: »Gut, dass wir an einem ungewöhnlichen Rennen teilnehmen.«

Tia stimmte ihm zu. »Bei den Rennabschnitten des Cups stehen unsere Chancen eher schlecht. Bei den Aufgaben vielleicht umso besser: Die *Jig* wurde gebaut, um alle technischen Probleme während des Flugs zu lösen, weit zu reisen ohne Unterbrechungen. Das ist unser Vorteil gegen die auf Schnelligkeit gezüchteten Schiffe wie die *Feuerpfeil* oder Garulas Kanonenboot. Diese beiden sind darauf ausgelegt, nach jedem Einsatz in einer Werkstatt gewartet zu werden. Vielleicht hilft uns das –

immerhin zählt eine gemeisterte Aufgabe sieben Punkte, und bei einem Rennen werden die Punkte von fünf bis eins verteilt, je nach Rang.«

Robin richtete sich kerzengerade auf. »Du glaubst, wir haben eine Chance, den Cup zu gewinnen?«

Tia zuckte mit den Schultern. »Wieso nicht? Im Moment führen wir.«

Harry sah seine Frau an und lächelte, wobei er den Kopf schüttelte. »Jetzt übertreibe mal nicht.«

»Wenn wir nicht ans Gewinnen glauben, haben wir schon verloren«, gab sie zurück.

Harry erwiderte: »Ich will ja nicht aufgeben, aber bleiben wir doch realistisch. Wir sollten auf alle Fälle unser Bestes geben, immerhin gibt jeder Punkt eine gute Stange Geld.«

»Und Anerkennung«, fügte Tia hinzu. »Wenn wir nach dem Rennen wieder Kurierflüge machen, kann uns ein guter Name ein paar lukrative Jobs bringen.«

»Sicher. Aber gewinnen?« Harry schüttelte den Kopf. »Das sehe ich nicht.«

Sylvester legte sein Kinn auf den Stockknauf. »Bei dem Interview eben sagte man, die drei Favoriten auf den Cup wären Chaynee Paramour, Garula die Siebte und Meister Qeng. In der Reihenfolge.

Wir werden noch nicht mal von allen Terranern unterstützt.«

»Und Bronto?«, wollte Robin wissen.

»Den hat keiner auf seiner Rechnung. Die Wetten stehen höher, dass seine *Anasilk* während des Rennens auseinanderfällt.«

Haja sagte: »Da kann man ja froh sein, dass man uns immerhin über die Ziellinie fliegen sieht.«

»Ja, und?«, fragte Tia. »Wer glaubte schon, dass Bronto und wir nach der ersten Aufgabe führen würden?« Sie sah zu Harry. »Wir haben noch nie sonderlich viel darauf gegeben, wie andere Leute uns einschätzen. Deswegen sind wir, wo wir jetzt sind.«

Harry hob beide Hände. »Wir sind weit gekommen, und wir werden noch mehr schaffen. Ich bin ja auch dafür, dass wir unser Bestes geben. Wir sollten nur realistisch bleiben.«

Haja klatschte in die Hände. »Also zeigen wir allen, was in der *Jig* steckt. Ich meine: Wollen wir überhaupt gewinnen? Ich frage mich immer noch: Was wollen wir mit einem Planeten anfangen? Wir sind doch alle hier, weil wir es im All spannender finden als auf der Erde. Und Urpajid ist völlig ausgewrungen. Okay, man kann darauf leben, aber es bräuchte Jahrzehnte Terraforming, um es mit der schönen Erde zu vergleichen.«

Tia betonte: »Wenn ich spiele, dann um zu gewinnen.«

»Geben wir unser Bestes«, sagte Harry. »Schauen wir einfach, wie weit es uns bringt.«

Alle nickten sich zu.

Da schwebte Konny heran. Der pilzförmige Roboter gab ein Geräusch von sich, das einem Räuspern ähnelte. »Ich darf Sie informieren, dass die drei Nachzügler bald eintreffen. Sie werden gebeten, beim Anflug im Supreme-Hangar anwesend zu sein.«

»Warum?«, fragte Harry.

»Als Staffage für die Nachrichten«, stellte Sylvester fest.

»Ganz recht«, sagte Konny. »Der Anflug wird für diverse Teleholo-Formate live gesendet und ihre Anwesenheit ist von den Aufnahme-Teams erwünscht.«

Haja stand auf. »Dann lege ich doch noch mal etwas Rouge auf. Will sich noch jemand hübsch machen?«

»Ich«, rief Robin und sprang auf.

Tia erhob sich und zuckte die Schultern. »Wenn wir schon tanzen sollen, dann mit Stil.« Sie sah die drei Männer an. »Ihr solltet auch eine gute Figur machen.«

Haja schnippte mit den Fingern. »Ich weiß auch
schon wie!«

# Kapitel 3

Nick zog den Kragen seines Hemdes herunter. »Muss wirklich jeder Knopf geschlossen sein?«

»Öffne auch nur den obersten, und Haja schneidet dir den Finger ab«, versprach Sylvester. »Sie hat mich einmal hergerichtet für ein Dinner, dass ich mit einer sehr aparten Dame hatte. Als ich zurückkam, sah sie, dass ich die Weste offen trug. Zwei Wochen lang war der Ofen jeden Tag aufs Neue verstellt, alles verkochte oder wurde nicht gar. Dein Vater hätte mich fast von Bord geworfen.«

»Was nutzt ein Koch, der nicht kochen kann?«, sagte Harry. »Als du dich entschuldigt hast, war doch alles wieder gut.«

»Der Blumenstrauß war ja auch riesig.«

»Sie hat sich so darüber gefreut.«

Wieder zog Nick an seinem geschlossenen Kragen. »Es ist mir einen Blumenstrauß wert.«

Sylvester schlug leicht auf seine Finger. »Ich stehe nur in der Küche – du arbeitest mit ihr im

Maschinenraum. Ich weiß nicht, wie weit sie gehen wird.«

»Halte durch, Sohn«, sagte Harry. »Für dich – und alle anderen an Bord.«

Nick verdrehte die Augen und gab nach.

Er, Harry und Sylvester trugen polierte Halbschuhe, enge Hosen und Hemden im Manadarin-Stil mit zugeknöpften Stehkrägen, die einem die Gurgel zupressten. Jede Kombination war in grün und orange gehalten – den gleichen Farben wie die der *Jig*. Die Bolerojacken, Cocktailkleider und Stiefel von Robin, Tia und Haja waren ihre femininen Ebenbilder. Als Gruppe wirkten sie ausgesprochen harmonisch.

*Ich gehe mal davon aus, dass so etwas Eindruck macht*, dachte Nick, der mit Mode gar nichts anfangen konnte. Für ihn waren Klamotten dazu da, praktisch und bequem zu sein.

Er atmete auf, als die Raumschiffe ihrer drei verspäteten Konkurrenten eintrafen. Das große Tor des Supreme-Hangars stand offen, ein Energiefeld schützte sie vor dem All.

Als die *KB-75* durch das Feld flog, tanzten Funken durch den Energievorhang. Die Pilotenkanzel war hell erleuchtet, und man konnte die Kommandantin Garula die Siebte und ihren Leutnant Chrisul den Vierten darin sehen. Die runde

Kanzel lag auf der Spitze des Schiffes, das die Form einer aufrecht stehenden Sichel hatte. An der Flanke prangte eine auf einem dunkelblauen Hintergrund aufgespießte Wildkatze, umrankt von sieben Sternen. Das Symbol der Republik Luran. Die Raubkatze stellte die Allianz der Unbesiegten dar, die von den sieben militärischen Führern Lurans besiegt worden war. Eine Erinnerung an einen Konflikt, an dessen Ende sich Luran aus der Allianz der Unbesiegten gelöst hatte, und dem Kooperationssektor beigetreten war als freier Staat.

Die geladenen Gäste im Hangar applaudierten, wie es sich gehörte. Es war anders als damals, nach dem ersten Rennen, da hatte die Menge getobt und gerufen. Zum einen trafen jetzt die Verlierer der ersten Aufgabe ein, zum anderen standen im Hangar geladene Gäste, nicht die Rennbegeisterten von der Straße.

Die *KB-75* setzte sacht auf. Sie sah aus wie ein normales Kanonenboot. Jedem der sie beim Rennen gesehen hatte, musste klar sein, dass sie hochgezüchtete Triebwerke, Trägheitsdämpfer und Steueranlagen besaß. Unter ihrem unscheinbaren, militärischen Äußeren verbarg sich ein Rennschiff, dessen Technik Nick gerne genauer angesehen hätte – und Haja auch, wenn er ihren Blick richtig deutete.

Als zweites Schiff schwebte die *Sendel* hinein.
Nick verdrehte sich den Hals in der Hoffnung, auch
in ihr Cockpit schauen zu können und einen Blick
auf die Pilotin zu erhaschen: VarNa. Sie war für ihn
viel faszinierender als das durchaus faszinierende
Raumschiff; immerhin war es von den Technosophen gebaut worden, jener sektenähnlichen Gruppe,
die durch ihre fortschrittliche Technik einen Weg zu
ihrem Gott suchten. Doch durch die bunt schil-
lernden Facettenfenster des Cockpits war nichts
vom Inneren zu sehen.

Etwas enttäuscht sah Nick zu, wie das Raumschiff der Technosophen unter Applaus landete. Es
hatte vier ausladende Triebwerkflügel, die von
einem walzenförmigen Rumpf ausgingen. Die Form
erinnerte sehr an einen irdischen Schmetterling –
auch schimmerte die *Sendel* in vielen Farben, wie
Öl auf einer Pfütze.

Als das letzte Schiff in den Hangar flog, riss es
sogar das eher professionell unterkühlte Publikum
zu begeisterten Hochrufen hin. Es war die *Feuerpfeil*, eines der schnellsten Schiffe der bekannten
Galaxis. Es schimmerte in Gold mit roten Renn-
streifen. Der pfeilförmige Schiffsrumpf bildete den
Mittelbalken eines auf der Seite liegenden Hs. Die
Triebwerke – überdimensioniert und leistungsstark
– lagen an den Enden der horizontalen Träger.

Und auf dem oberen Träger stand – in seinen berühmten goldenen Raumanzug gekleidet – der berühmteste Rennpilot: Chaynee Paramour! Er posierte mit erhobenen Armen, als gehörte er nicht zu den Verlierern dieser Etappe. Nein, wo er erschien, waren ihm Ehrerbietung und Begeisterung sicher. Er genoss sie und sein Publikum zollte sie ihm gern. So hatten alle etwas davon.

Als die *Feuerpfeil* durch den Energievorhang schwebte, sprang Chaynee herunter. Keine Prallfelder hielten ihn, nein, Raketen auf seinem Rücken zündeten und lila Wolken blähten sich hinter ihm, als er eine Acht über die Köpfe der Anwesenden flog. Mit einem theatralischen Looping landete er im gleichen Moment, als auch die *Feuerpfeil* aufsetzte. Das Helmvisier klappte auf und Chaynee rief begeistert: »Habt ihr mich vermisst?«

»Ja!«, johlte es aus Dutzenden Kehlen und Mandibeln, die Masse stampfte mit Füßen, Hufen und Klauen.

Chaynee zog den Helm aus. Sofort stellten sich seine Löffelohren auf, um den Applaus noch besser hören zu können. Er hob seinen Rüssel an und trompetete eine kurze Melodie, die von den Umstehenden aufgenommen wurde. Chaynees blaue Augen strahlten begeistert, seine bunten Backenhaare vibrierten und er warf die langen Arme empor in einer Siegergeste.

Tia schnalzte missvergnügt. Sie konnte Chaynees arrogante Art nicht leiden. »Was feiert er? Dass ein paar Nager seine Kabel aufgefressen haben und seine ach so tolle Crew zu dumm war, das zu reparieren?«

»Das Publikum liebt ihn«, sagte Harry. »Sie sind ihm treu, auch nach einer Schlappe.«

»Außerdem wird er eh gewinnen«, meinte Nick.

Die Köpfe seiner Familie fuhren herum – alle starrten ihn missbilligend an.

Nur Haja sah weiter zu Chaynee und seufzte. »Er kann Gold tragen wie kein Zweiter.«

*

Die Schiffe der Nachzügler wurden auf dem Trockendock von Trejir geprüft und repariert. Was nicht bedeutete, dass die Djibril nicht die nächste Aufgabe schon parat hatten. Keiner der Teilnehmenden wusste, was die nächste Runde der Rallye sein würde – weswegen sie aufgeregt der Anweisung folgten, sich in der größten Halle der Asteroiden-Station einzufinden. Die hielt in der Regel nur für Zusammenkünfte kleiner Trupps von Amateur-Archäologen her. Also war sie in den letzten

Stunden von Presseleuten der Djibril verschönert worden, so dass auch genug schwebende Kameras und andere Aufzeichnungsgeräte Platz fanden, um das Ereignis live und farbenfroh übertragen zu können.

Allein die verkauften Übertragungsrechte brachten so viel Geld ein, dass der Betrieb von Trejir das nächste Erdenjahr gedeckt war.

Man hatte fünf Blöcke geformt, mit Stühlen in den Teamfarben. Bronto saß auf dem einzigen blauen Stuhl, bei ihm nur sein Pilzroboter, der ihn beobachtete und half – so wie es Konny an Bord der *Jig* tat.

Robin, Nick und Harry winkten ihm zu, als sie den Saal betraten. Bronto erwiderte den Gruß. Sie und die anderen setzten sich auf die grünen Stühle.

Es folgte das gelbe Team mit den Technosophen: Meister Qeng und sein Adept Yui gehörten zu den Qasafen. Da sie wie irdische Tintenfische kein Skelett hatten, trugen sie Rüstungen, um aufrecht zu stehen und zu sitzen. Die Köpfe von Qeng und Yui ragten wie spitze Kegel auf. Mit goldenen Glubschaugen sahen sie sich aufmerksam um, ihre runden Münder immer in Bewegung. Die Rüstungen schimmerten wie Öl in allen Farben. Wölkchen strömten aus dem Kragen und Kontrollen blinkten. Hin und wieder entrollte sich einer der sechs Tentakel von Adept Yui, um eine Einstellung bei seinem Meister zu ändern.

Den beiden folgte eine menschenähnliche Frau. Es war die Pilotin der *Sendel*: VarNa. Sie war Axianerin, was unschwer zu erkennen war an der weißen Haut und den Haaren, die sich gerade jetzt zu einer neuen Frisur flochten, denn Axianerinnen hatten ihr Haar so unter Kontrolle wie Menschen ihre Hände. Als sich VarNas Haare zu einer feschen Frisur auftürmten, sah sie wie beiläufig herüber und lächelte in Nicks Richtung.

*Das ist doch kein Zufall*, dachte Robin und blickte schnell zu ihrem Bruder. Der lächelte zurück und winkte. Dabei schoss ihm Röte in die Wangen. *Er ist in sie verknallt!*

Robin war nicht überrascht. VarNa sah gut aus und Nick hatte schon seit jeher ein Faible für nichtterranische humanoide Damen gehabt.

Aber VarNa war eine Technosophin – eine Arkane, wie viele die zurückgezogen lebende Glaubensgemeinschaft nannten. Über das Leben, die Motivationen und alles andere der Technosophen wusste kaum jemand etwas. Noch weniger trauten ihnen über den Weg – was den Arkanen zu gefallen schien.

Jetzt stolzierte Chaynee Paramour mit seiner Besatzung in den Saal. Auch diesen Auftritt zelebrierte er, winkte in die herumfliegenden Kameras, wechselte mit seinen Kolleginnen ein paar nette Sprüche. Direkt hinter ihm ging Getnaa Skemour; sie begleitete ihn seit Karriere-Beginn und kümmerte sich um die Öffentlichkeitsarbeit. Für Robin sagte es viel aus, dass die Astrogatorin Spiff Lifnich und zwei weitere Besatzungsmitglieder in fünf Schritt Abstand hinter den beiden folgten. *Das ist keine verschworene Besatzung.*

*Im Teleholo sieht das immer so cool aus*, dachte Robin, *aber selbst mich nervt das langsam. Können wir mal weitermachen?*

Als die Besatzung der *Feuerpfeil* schlussendlich auf ihren roten Stühlen Platz genommen hatte, erschienen die letzten beiden Teilnehmer der Raumrallye.

Garula die Siebte, Kommandantin der *KB-75*, trug eine Uniform in Grün und Silber. Ihr folgte Chrisul der Vierte, ihr Leutnant an Bord des umgebauten Luranischen Kanonenboots. Ihre Köpfe erinnerten mit den Schnäbeln und großen schwarzen Augen an Eulen. Ihr humanoider Körper war mit Wolle überzogen. Beide nickten den Kontrahenten kurz zu, dann setzten sie sich ohne weitere Show auf die lila Stühle.

Natürlich wurde jedes Team von einer Kontroll-Ordonanz-Einheit begleitet, bemalt in der Team-Farbe.

Team Lila saß nur einen Moment, als ein Gong ertönte und die Beleuchtung sich unter das Dach des Saals richtete. Von dort schwebte ein weißer Pilzroboter herab, größer als die anderen fünf Einheiten. Es war der Zeremonienmeister, den sie alle schon von Kajip kannten.

»Herzlich willkommen«, sagte der Roboter »Nun, da wir alle versammelt sind, ist es Zeit für die nächste Etappe des Djibril-Cups.« Er schwebte zwei Meter über dem Boden und drehte sich langsam im Kreis. »Sehen wir uns zuerst den momentanen Zwischenstand an: Es führt Team Grün mit neun Punkten.«

Die Besatzung der *Jig* grinste sich an.

»Gefolgt von Team blau mit acht Punkten.«

Robin und Nick winkten Bronto zu.

»Im Mittelfeld liegt Team Rot mit fünf Punkten. Darauf Team Gelb mit vier Punkten.«

Nick salutierte flott zu VarNa, die den Gruß erwiderte.

Der Zeremonienmeister beendete die Aufzählung. »Mit drei Punkten ist Team Lila im Moment auf dem letzten Platz.«

Die Tabelle erschien als Holo unter dem weißen Roboter, rotierte zweimal und erlosch.

»Kommen wir nun zur nächsten Herausforderung«, sagte er. »Dieses Mal kombinieren wir eine Aufgabe mit einem Rennen. Insgesamt sind also bei dieser Herausforderung dreizehn Punkte zu holen.«

*Danach kann das ganze Feld komplett neu aufgestellt sein*, dachte Robin. Sie sah zu ihren Eltern. Beide saßen vorgelehnt auf den Stühlen und blickten sehr konzentriert auf den Zeremonienmeister – und das Hologramm, das sich um ihn herum aufbaute.

»Das ist hier, in diesem System«, sagte Tia leise.

Harry nickte. Als Astrogator der Mannschaft hatte er die abgebildete Gegend sofort erkannt. »Die Schrottosphäre von Fento. Da hinten siehst du Fento selbst, links und rechts die beiden Monde.«

Haja strich über ihren Bart. »Ist die nächste Aufgabe: Wer sammelt am meisten Müll ein?«

Robin erstrahlte vor Tatendrang, als ihr eine andere Idee kam. »Vielleicht sollen wir das Rätsel lösen, warum die Fentoer ihren Krieg begonnen haben!«

Der Gedanke, dieses Rätsel zu lösen, dafür in den Ruinen nach Spuren zu suchen und dabei Abenteuer zu erleben, ließ ihr Herz vor Tatendrang und

Vorfreude stark pochen. *Das wäre mal was ganz anderes, als Pakete abzuliefern*, dachte sie.

Sylvester beugte sich zu Robin herüber. »Es war eine verrückt gewordene Künstliche Intelligenz. Ich meine, so ist das doch immer, oder? Jedenfalls bei Constant Time.«

»Gar nicht«, hielt Robin entgegen. Sie mochte es nicht, wenn ihr Opa sich über ihre Lieblingsserie lustig machte. Die Abenteuer von Constant Time und seiner Crew waren viel intelligenter, als Sylvester sie darstellte.

»Nicht?«, fragte der und trommelte mit den Fingern auf den Griff seines Stocks. »Ich kann mich nicht erinnern, dass eine Zivilisation mal wegen was anderem untergegangen wäre.«

»Eine Seuche bei *Bettler von Beteigeuze*.«

»Von einer KI in einem Labor gezüchtet.«

»Bei *Projekt Ö* waren es Ratten, die mit ihren Bissen den Todestrieb auslösten, weswegen alle Massensuizid begingen.«

»Und eine KI hinderte Constant Time am Eingreifen, weil sie den Willen ihrer Erbauer respektierte. Sie hätte alle retten können.«

Haja sah zu Sylvester. »Dafür, dass du die Serie nicht magst und behauptest, sie nie zu gucken, kennst du dich gut aus.«

Sylvester räusperte sich nur.

154

Robin fixierte ihn. »Natürlich kennt er sich aus: Er ist ein Berater der Autoren. Er erzählt Geschichten aus seinem Leben als Geheimagent!«

»Nicht das schon wieder«, flüsterte Haja genervt. »Was hältst du davon: Er guckt die Serie heimlich und ärgert dich nur.«

»Nein«, blieb Robin standhaft. »Er war ein Agent. Deswegen all seine unterschiedlichen Jobs und sein Vagabundenleben.«

»Ich war kein Vagabund«, zischte Sylvester. »Sondern ein breit interessierter Kleinstunternehmer.«

»Ein Glücksritter«, meinte Haja.

»Das war nur Tarnung«, mischte sich jetzt auch Nick ein und kam seiner Schwester zu Hilfe. »Als es zu brenzlig wurde, zog er sich zurück und fliegt seitdem mit uns mit.«

»Dann muss er jetzt aber aufpassen, dass ihn keiner erkennt«, überlegte Haja. »Ich meine, wir sind auf allen Sendern des Kooperationssektors und er gibt sogar Interviews. Was, wenn dadurch seine Tarnung auffliegt?«

»Das ist sie spätestens jetzt«, sagte Tia und zeigte nach oben.

Über ihnen hingen drei schwebende Kameras in der Luft, die jedes Wort aufgezeichnet hatten.

Mit aufgerissenen Augen fuhr Robin zu ihrem Opa herum. »Es tut mir so leid, wir haben dich enttarnt!«

Nick fragte besorgt: »Brauchst du jetzt Personenschutz?«

Sylvester schloss die Augen und atmete tief durch. Er stand auf und sah zu den drei Kameras hinauf. Lächeln zog er seinen Hut. »Mein Name ist Sylvester Ambrose. Guten Abend. Ich war nie Agent für irgendwen. Ich habe von Geheimdiensten und so etwas keine Ahnung. Wenn jemand interessiert ist, meine Memoiren als Barometermacher auf Fieswetter Drei oder Kastrierer bei den Eunuchlurchen zu veröffentlichen, so kann er mich gerne kontaktieren. Ich werde zurückrufen, sobald ich Zeit habe.«

Er setzte seinen Hut auf und drehte sich zum Zentrum der Halle. »Zeremonienmeister, wenn ihr so freundlich wärt, die Unterbrechung zu entschuldigen. Fahrt bitte fort!«

»Vielen Dank«, sagte der große weiße Ordonnanz-Roboter. Und fügte ein nicht sehr roboterhaftes »Zu gütig« hinzu.

Die Kameras über ihren Köpfen flogen davon.

Robin stupste ihren Opa an. »Gut rausgeredet«, sagte sie. Keinen Moment zweifelte sie daran, dass Sylvester ein Agent gewesen war. Seit Jahren mehrten sich die Indizien – auch Nick war davon überzeugt. Wenn auch sonst niemand.

Sylvester sah sie einen langen Moment an. Und zwinkerte.

*Ich wusste es*, dachte Robin und ließ es dabei gut sein. Sie sah wieder auf das Hologramm in der Mitte des Saals.

»Ihre nächste Aufgabe«, hob der weiße Roboter an, »hat mit einer Besonderheit dieses Sonnensystems zu tun. Es geht um die Gewinnung von Firrin-Mucus.«

»Also keinen Müll sammeln«, sagte Haja, »sondern Schleim.«

Robin sah sie fragend an.

Der Zeremonien-Roboter fuhr fort: »Der Mucus der Firrin ist eine wichtige Komponente für medizinisch eingesetzt Gele. Es hilft bei vielen Völkern, die Regeneration der Haut zu beschleunigen. Die auf Firrin-Mucus basierenden Gele werden zur Wundheilung eingesetzt. Produziert wird der Mucus auf natürlichem Wege, von den Firrin.«

Das Holo wechselte und zeigte nun eine Firrin. Sie erinnerte entfernt an eine irdische Ameise: Sechs Beine, einen großen Hinterleib und einen langen Kopf. Dieses Wesen war purpur, und ihre Beine konnten sich ebenso gut nach oben wie unten strecken. Das Wesen hatte keine Augen, dafür unzählige sehr lange Fühler, die aus Kopf und Hinterteil wuchsen. Laut einer Größenanzeige war die Firrin etwa einen Meter groß.

Der Zeremonienroboter erklärte: »Die Firrin leben in der Schrottosphäre, die sich zwischen Fento und seinen beiden Monden erstreckt. Sie leben in den großen Trümmern, aber auch auf kleinen Asteroiden. Wir gehen davon aus, dass bei dem letzten Krieg der Fentoer Asteroiden als Geschosse eingesetzt wurden. All das ist das Lebensgebiet der Firrin. Sie erzeugen ihren Mucus aber nicht nur, um ihre Wohnwaben zu bauen – sondern auch zur Fortbewegung. Wenn die Wohnwaben voll sind, ziehen die Firrin zu einem anderen Unterschlupf weiter. Jedoch fliegen sie nicht selbst durch das All, sondern reisen auf dem Rücken größerer Tiere: Der Zarr.«

Wieder wechselte das Holo. Ein elegantes, weiß-lila-rot-gestreiftes Wesen schwebte durch den Schrott um Fento, glitt elegant an dem trudelnden Müll vorbei. Seine Anwesenheit ließ die Schrottosphäre noch verdreckter aussehen. Das Wesen glitzerte, wenn Licht auf etwas fiel, das wie ein Kristallmantel um seinen schlanken Körper lag.

»Die Zarr werden auch Brockensegler genannt, da sie zwischen den Brocken aus Schrott durch das Nichts des Alls fliegen. Um in dieser Umgebung überleben zu können, bilden sie um ihren eigentlichen Körper einen Kokon.«

Robin konnte die Augen nicht vom Holo wenden. »Das sind die majestätischsten Tiere, die ich je gesehen habe«, flüsterte sie.

Der weiße Roboter führte aus: »Sie baden im Schleim der Firrin, bis er ihren ganzen Körper überzieht.«

Robin verzog leicht das Gesicht. *Ein Kokon aus Schleim.*

Weiter erklärte der Roboter: »Aus ihrer Haut stehen viele Hauttrompeten hervor. Gase treten durch sie in kleinen Explosionen aus – damit erhalten sie Antrieb in der Schwerelosigkeit. Die Gase entstehen in ihrem Verdauungstrakt.«

Robin verzog ihr Gesicht vollends. *Sie fliegen mit Fürzen.*

Haja schüttelte den Kopf. »Auch eine Primaballerina muss mal auf Toilette.«

*Noch einer Illusion beraubt.* Robin seufzte. *Es sind trotzdem schöne Tiere.*

»Die sind größer als die *Jig*«, sagte Nick.

Robin warf einen Blick auf die Größentabelle. Der Zarr im Hologramm war fast zweihundert Meter lang. Er war breiter und massiger als ihr Raumschiff. *Wenn der uns rammt, haben wir ein Problem.*

Gespannt hörte sie den weiteren Erklärungen des Zeremonienroboters zu. »Firrin und Zarr leben in einer engen Gemeinschaft: Die Firrin erlauben den Zarr Mucus-Bäder. Dafür tragen die Zarr die Firrin im Mucus-Schild zu anderen Brocken, wenn die Wanderungszeit begonnen hat.«

Der Zeremonienroboter schwebte um die Darstellung herum, seine Rezeptoren auf die Teilnehmenden gerichtet. »Ihre Aufgabe wird es sein, mindestens zweihundert Liter Mucus aus den Waben zu nehmen und mit ihrem Schiff abzuliefern. Doch eines sollten sie wissen: Die Gemeinschaft der Firrin und Zarr geht so weit, dass die Zarr die Firrin aufmerksam bewachen. Die Zarr teilen sich die Firrin untereinander auf, stecken ihre Reviere ab und jedes Wesen, das in das Revier eindringt, wird von den Zarr angegriffen und vertrieben. Oder getötet.«

Die Hologramme zeigten, wie ein Zarr ein kleines Raumschiff angriff. Immer wieder rammte er es, wobei große Beißzangen aus dem Körper des Zarrs klappten und wie Äxte auf das Schiff einhieben. Das Raumschiff wurde mit wenigen Hieben zu einem Wrack geprügelt.

Das Hologramm brach ab.

Stille lag über dem Saal.

Der Zeremonienroboter stieg auf. »Es ist jedem Teilnehmer gestattet, das Rennen abzubrechen. Sollte jedoch nur eine Person ein Team verlassen, so ist das gesamte Team für den weiteren Cup gesperrt. Alle angesammelten Punkte gehen verloren. Die im Vertrag festgeschriebenen Reparationszahlungen werden fällig.«

»Reparationszahlungen?«, flüsterte Tia und sah zu Nick.

Der nickte nur. »Eine hübsche Summe.«

»Oh, muss ich überlesen haben«, murmelte Tia.

Es gab ein allgemeines Tuscheln, Blicke wechselten und auf den Stühlen wurde herumgerutscht. Robin sah zu ihren Eltern. Die beiden sahen sich tief in die Augen. Robin konnte nicht deuten, was in ihren Köpfen vorging.

*Wollen sie vielleicht abbrechen? Sie sind immer so auf unsere Sicherheit bedacht. Aber wir führen doch! Soll alles umsonst gewesen sein. Himmel, wir haben es doch mit einem Babydrachen hinbekommen.*

Robin wollte unbedingt weitermachen. Aber ihr war auch klar: Sollten ihre Eltern dagegen sein, würde niemand auf der *Jig* ein Widerwort einlegen. Tia und Harry hatten das Sagen.

Also sah sie zu Nick, der ihr nur zunickte. Er würde weitermachen.

Haja sah ebenfalls zu Harry und Tia. Als Robin ihren Blick fand, zuckte sie nur mit den Schultern.

Sylvester hatte sein Kinn auf den Stock gestützt und die Augen geschlossen. Er schnarchte leise. Robin schüttelte den Kopf.

In diesem Moment erschien ein neues Hologramm: eine schematische Darstellung der Schrottsphäre. An ihrem Rand leuchteten fünf Kreise, jeder in der Farbe eines Teams.

Der Zeremonienmeister erklärte: »Es gibt fünf Transittore in den Hyperraum, in exakt gleichen Abständen um die Schrottosphäre gelegt. Sie werden von hier aus nach Fento starten und an ihren Toren vorbei in die Schrottosphäre fliegen. Jeder hat als Ziel eine Firrin-Gemeinschaft kurz vor der Wanderungszeit. Sie werden in den Waben genug Mucus finden. Sammeln sie es ein. Es ist ihnen vor und nach dem Einsammeln nicht gestattet, die Schrottosphäre zu verlassen. Nach Ankunft im Zielgebiet dürfen Schutzschilder nicht genutzt werden. Waffen dürfen nicht eingesetzt werden. Exakt zwei Standardstunden nach ihrem Eintreffen, wird eines der Transittore eingeschaltet. Welches es ist, wird durch Zufall entschieden. Es ist dann an Ihnen, so schnell es geht, das Tor zu durchfliegen. Zum einen, um dem Zarr zu entkommen, der sicherlich hinter ihnen her ist. Zum anderen ist dies das zweite

Rennen: Die Reihenfolge der Durchflüge sind die Platzierungen. Im Hyperraum werden sie von Bojen zu ihrem nächsten Zwischenstopp geleitet.«

Alle Hologramme erloschen und der Zeremonienroboter schwebte in die Mitte des Saals. »Sie starten in dreißig Standardminuten. Haben Sie noch Fragen?«

*

»Ja, hunderte!«, sagte Robin lebhaft. »Wie hat sich die Symbiose von Firrin und Zarr entwickelt?«

»Was fressen die Zarr, was so viel Bauchgase bildet, dass sie damit wie Raketen fliegen können?«, fragte Harry.

»Waren beide Wesen auf Fento heimisch, oder kommen sie von den Monden?«

»Sind sie gar Ergebnisse von Zuchtprogrammen oder genetischen Experimenten?«

»Oh ja – vielleicht nutzten die Fentoer die Zarr als Reittiere.«

»Und natürlich: Wer war zuerst da – die Zarr oder die Firrin?«

»Die klassische Frage.«

»Die klassische Frage.«

Vater und Tochter sahen zu Tia, als würden sie Antworten von ihr erwarten.

Tia zuckte mit den Schultern. »Keine Ahnung, interessiert mich im Moment auch nicht. Wenn ihr das erforschen wollt, mietet euch doch auf Urpajid ein Labor und diskutiert das mit all den anderen Eierköpfen.«

»Sind wir die Einzigen mit Forschergeist auf diesem Schiff?«, fragte Harry.

»Scheint so, Paps.«

Mit einem Rascheln und leisem Pfeifen, stellte sich Qeng, Meister der Technosophen, neben sie. Ein Tentakel deutete in die Richtung seines Begleiters. »Ist es nicht interessant, dass mein Yui sich eben diese Fragen stellte? Vielleicht wäre ihre Beantwortung eine weitaus lohnendere Aufgabe.«

Robin drehte sich zu Yui herum, der unschlüssig einige Meter entfernt von ihnen stand. »Sie sind auch ein Forscher?«

Jetzt bewegte sich Yui auf seinen Beintentakeln zu ihnen.

Auch VarNa kam näher.

Yui war bei ihnen und meinte: »Eine Symbiose wie unter den Firrin und Zarr ist bemerkenswert. Wie kamen die beiden überhaupt dazu, ein so lebensfeindliches Habitat zu wählen?«

Harry zeigte mit dem Finger auf ihn. »Das verspricht eine spannende Forschung. Stattdessen sammeln wir Schleim ein.«

Yui sah Harry mit großen, goldenen Augen an. »Wärst du an einem Forschungsprojekt interessiert?«

Harry grinste breit. »Ich bin nur ein Paketbote, kein Wissenschaftler.«

»Deine Untersuchungen des Rüsselpfeifers zeigten einen routinierten Forscher.«

Robin sah zu ihrem Vater. Seine Untersuchung des Rüsselpfeifers im Labor der *Jig* war mehrfach im Teleholo gelaufen.

Harry winkte ab. »Ich habe Exobiologie auf Modesty studiert, war auch mal auf einem Forschungsschiff und habe ein paar Spezies untersucht. Aber das ist lange her.«

»War die Forschungsreise inspirierend?«, fragte Yui.

»Kann man so sagen. Da habe ich Tia kennengelernt.« Harry nahm die Hand seiner Frau. »Die beste Tour meines Lebens.«

Die beiden lächelten sich an.

Yui drehte sich zu Qeng. Dabei wandte sich der ganze Körper um. »Ich überlege ernsthaft, nach dem Rennen ein Forschungsprojekt bezüglich der Firrin-Zarr-Lebensgemeinschaft zu starten, Meister.«

»Du hättest meine Unterstützung.«

Harry sagte: »Wenn ihr Pakete verschicken müsst, sagt Bescheid. Würde mich interessieren, was ihr herausfindet.«

Yui drehte sich wieder Harry zu. »Werden wir.«

Robin fragte: »Interessieren sich Technosophen für Exobiologie? Ich dachte, ihr würdet nur in Technologie forschen. Ist das nicht eure Glaubenslehre?«

Yui erwiderte: »Auch wenn wir Gott nur näher kommen, wenn unsere Technik der seinen gleich wird – so müssen wir doch sein Werk verstehen, um dieses Ziel zu erreichen. Deshalb versuchen wir, überall Fragen zu beantworten.«

»Ihr denkt, die Firrin und Zarr bringen euch dem Verständnis von Gott näher?«

»Hoffnung ist unabdingbar«, ergänzte Qeng.

»Ihn zu verstehen ist nur eines unserer Ziele«, sagte Yui.

Woraufhin Qeng ein tiefes Gurgeln von sich gab.

Und Yui seinen Kopf etwas einzog.

*Da hat sich Yui wohl verplappert*, dachte Robin. *Wenn Gott zu verstehen nur ein Ziel ist – was sind dann die anderen?*

Weitere Fragen konnte sie nicht stellen, denn ihr Konny und der von Team Gelb kamen zu ihnen geschwebt. Die beiden Roboter überragten die

Menschen, nur Qeng und Yui waren mit ihnen fast auf gleicher Höhe.

Es war der Konny von Team Gelb, der sagte: »Es ist ein Gruppeninterview mit allen Team-Sprechern organisiert worden. Es wird direkt im Teleholo übertragen. Wenn Sie uns bitte folgen würden.«

Harry sah Tia an. »Du oder ich?«

»Ich mach schon«, sagte Tia. »Sylvester – kommst du mit?«

Sylvester lüpfte kurz seinen Hut. »Gerne.«

»Darf ich euch begleiten?«, frage Qeng.

»Klar«, sagte Tia. »Wo geht es lang?«

Der gelbe Konny schwebte voran. »Bitte folgen.«

Harry klatschte in die Hände. »Na dann, auf zu unseren Schiffen. Das will ich nicht verpassen.«

*

»Eine Live-Talkshow. Ziemlicher Rummel«, sagte VarNa, als sie neben Nick Richtung Hangar ging. Sie hielten sich ein paar Schritte hinter den anderen, ohne es abgesprochen zu haben.

»Ja«, stimmte Nick zu. »Als wir losgingen, schwirrten um Chaynees *Feuerpfeil* einige Reporter herum. Er war draußen und hat mit seinem Stab getan, als würden er sie checken.«

»So getan?«

»Na ja, sehr professionell sah das nicht aus. Und sie werden die *Feuerpfeil* sicher ständig in Top-Zustand halten, dafür haben sie doch ihren Ingenieur an Bord.«

»Der wievielte ist es jetzt schon?«

»Ich glaube der fünfte. Und die dritte Astrogatorin. Von Beginn an sind noch Chaynee und Getnaa im Team.«

»Der Pilot und die, die ihm die Werbeverträge zuschustert. Da stellt sich der Herr Pilot auch gerne mal ans Schiff und untersucht es. Alles für die Fans.«

Sie erreichten das Trockendock. Die *Jig* stand neben den anderen Raumschiffen ihrer Konkurrenz, alle schön aufgereiht, um gute Bilder zu erzeugen. Kameras flogen umher, auf der Suche nach dem besten Blickwinkel.

Nick sagte: »Was man sagen muss: Die *Feuerpfeil* ist ein verdammt schönes Schiff.«

»Ja, ist sie.«

»Bei ihrem Design wurde bestimmt auch darauf geachtet, viele gute Aufnahmewinkel zu haben.«

»Wenn schon. Sie ist ein Hingucker.«

Nick wies auf ein anderes Schiff: »So wie eures.«

Beide blickten rüber zur *Sendel*. Das Schiff der Technosophen ruhte auf sechs Landestelzen, was es noch mehr aussehen ließ wie einen sitzenden Schmetterling. Die vier großen, runden Flügel schimmerten ölig, wie die Rüstungen der beiden Qasafen. Sie standen aufrecht ab vom tonnenförmigen, bunten Rumpf.

»Wirklich, nett anzusehen«, sagte Nick. »Die Kurven.«

»Hm.«

»Die Eleganz. Das Geheimnis, das sie umgibt.«

»H-hm.«

»Nur eines gibt es da.«

VarNa musterte ihn von der Seite. »Was denn?«

»Hat ja was gedauert, bis ihr hier angekommen seid.«

VarNa machte eine wegwerfende Geste. »Wir hätten uns mit terranischen Chips eindecken sollen. Davon sollte man immer was an Bord haben.«

»Kann nicht schaden.« Nick sah hinauf zu den Flügeln und betrachtete sie einen Moment. »Ist alles wieder repariert?«

»Wir brauchten nur Ersatzteile. Die Reparatur haben unsere Wartungsroboter erledigt.« Sie sah Nick fragend an. »Bei den Übertragungen habe ich auf eurem Schiff keine Roboter für Reparaturen gesehen, nur den Servo-Bot. Habt ihr sonst keine?«

Nick schüttelte den Kopf. »Nur Nelson. Haja findet, man verliert den Kontakt zum Schiff, wenn man es nicht mit den eigenen Händen in Schuss hält.«

»Wir sehen da kein Problem. Es funktioniert gut für uns.«

»Ist die *Sendel* nur ein Schiff oder euer Zuhause?«

»Eines unserer Flotte. Eines der schnellsten. Ich hatte sie schon oft bei Einsätzen dabei, aber sie ist kein Zuhause. Wir leben in einem Stift.«

»Vielleicht ist das der Unterschied. Die *Jig* ist unser Heim. Ich bin auf ihr groß geworden, wir haben keinen Planeten, auf den wir uns zurückziehen, wenn wir Heimweh haben.«

»Und euer Terra? Oder diese andere Kolonie?«

»Ich fliege nur dahin, um meine Tanten und Onkel zu besuchen.«

VarNa sah hinüber zu dem Raumklipper. »Dann gebt gut acht auf euer Heim. Mit den Zarr ist nicht zu spaßen.«

»Die *Jig* ist so einiges gewohnt.« Nick sah VarNa an. »Nichts für ungut, aber die *Sendel* wirkt grazil. Wird sie eine Balgerei mit einem Zarr gut überstehen?«

»Sie hält mehr aus, als man ihr zutraut.«

»Bei welchen Einsätzen hast du sie schon geflogen?«

VarNas Haare legten sich eng an Kopf und Schultern. Als sie sprach, wirkte sie in Gedanken versunken. »Mal hier, mal da. Wir waren gemeinsam im Merdianischen Reich. Das ist aber schon eine Weile her.«

»Im Merdianischen Reich. Wie ist es da? Anders als im Koop-Sektor?«

»Organisierter – skrupelloser.« VarNa verschränkte die Arme vor der Brust. »Es waren unruhige Zeiten, als wir dort weggehen mussten.«

Nick befürchtete, schlechte Erinnerungen geweckt zu haben, und wechselte lieber das Thema. »Jedenfalls ist die *Sendel* eleganter als die Firrin.«

VarNas Kopf zuckte herum. »Jeder ist eleganter als diese Krabbler. Die *Sendel* ist sogar anmutiger als ein Zarr.«

»Schönheit liegt im Auge des Betrachters«, meinte Nick trocken.

Und fing sich dafür einen launigen Knuff ein. »Eleganter, agiler und schneller.«

»Wir werden ja sehen, was du daraus machst.«

VarNa konnte sich ein Grinsen nicht verkneifen. »Du wirst meinen Flug wochenlang auf dem Tele-holo sehen, und es wird als Schulungsvideo in die Geschichte eingehen.«

»Na ja, mir würde es schon reichen, wenn du sie heil durchbringst.« Sie sahen sich einen Moment tief in die Augen. Bevor seine Ohren rot wurden, meinte Nick schnell. »Das wirst du bestimmt.«

»Werde ich.« VarNa sah zur *Jig*. »Und ihr? Hatte ihr es schon mal mit so einem Brockensegler zu tun?«

»Nein, nicht direkt. Aber auf den Kurierrouten trifft man auf allerlei Sonderbares, wir kriegen das sicher hin.« Er grinste schief. »Und natürlich schneller als ihr.«

»Auf keinen Fall!«

»Herausforderung angenommen. Der Verlierer gibt dem Sieger beim nächsten Stopp ein Essen aus?«

VarNa grinste. Sie streckte ihre Faust zum Fliegergruß aus. »Abgemacht.«

Nick schlug seine Faust gegen ihre.

Dann ging sie zur *Sendel* und er zur *Jig*. An der Rampe des Frachttors stand Robin und tat so, als würde sie interessiert irgendetwas auf ihrem Multi-Armband studieren. Als Nick an ihr vorbeiging, murmelte Robin: »Herzensbrecher.«

*

Tia Ambrose stampfte aus dem Teleholo-Studio, wartete, bis die Tür hinter ihr ins Schloss fiel – und rief frustriert aus: »Ich kam rüber wie eine Idiotin!«

Sylvester klopfte ihr auf die Schulter. »Das war auch kein Interview, sondern eine Abendshow. Hätte noch gefehlt, dass wir bei komischen Spielen hätten mitmachen müssen.«

»Ich habe nur herumgestottert.« Sie warf die Arme in die Luft und ging aufgeregt im Kreis. »Was fragen die mich auch über die Djibril-Cups der letzten hundertfünfzig Jahre aus? Beim Letzten war ich noch auf der Schule.«

»Du hättest dich schon ein bisschen über die Geschichte des Cups informieren können«, gab er tadelnd zurück.

»Ich habe ein Raumschiff zu fliegen.«

»Im Hyperraum hatten wir genug Zeit, und es gibt viele Dokus darüber.«

»Bei Dokus schlafe ich immer ein. Aber ich weiß genau, wer sie sich alle angesehen hat: Chaynee! Der redete, als wäre er schon beim ersten Cup dabei gewesen. Als hätte er den Startschuss gegeben, oder der Merkantilen Majestät ihren Titel verliehen. Himmel, er fiel jedem ins Wort, und tat so, als wären er und die Moderatorin schon lange Freunde.«

»Bei seiner Medienpräsenz kennen sich die beiden wahrscheinlich wirklich schon lange.«

»Er hat uns alle dastehen lassen wie Amateure. Na, immerhin konntest du was dazu sagen, sonst würden wir noch dümmer dastehen.«

»Dass der erste Cup ins Leben gerufen wurde, um die Ernennung des Altvorderen zur Merkantilen Majestät zu feiern, ist wirklich Allgemeinwissen.«

Wieder warf Tia die Arme hoch. »Okay, ich bin eine ungebildete Postbotin!«

Sylvester stellte sich ihr in den Weg, hängte seinen Stock an eine Tasche seines Blazers, griff in die andere und holte zwei Früchte heraus. »Mandarine?«

Tia blieb stehen, runzelte die Stirn. »Wo hast du die her?«

»Vom Buffet.« Er schälte eine der Früchte.

»Wann hattest du Zeit, zum Buffet zu gehen?«

»Während einer dieser Einspieler über den dritten oder vierten Djibril-Cup. Die waren irgendwie alle gleich.«

»Sicher, dass es Mandarinen sind?«

Sylvester zog ein Stück heraus. »Sehen aus wie Mandarinen, riechen wie Mandarinen«, er bis in das Stück, »und schmecken wie Trauben. Gut, fruchtig. Solltest du probieren.«

Tia wehrte ab. »Ich esse nichts, von dem ich den Namen nicht weiß – und ob wir das Zeug überhaupt vertragen.«

Jemand trat zu ihnen. »Die Frucht heißt Borok, stammt von Larun und ja: Terraner können sie essen.«

Sylvester nickte dem Sprecher zu. »Willst du ein Stück?«

Chrisul der Vierte trat vor und nahm sich ein Stück. Er warf es sich in den Schnabel, legte den Kopf schnell zurück und schluckte. »Wenn ich das sagen darf: Ich finde nicht, dass du eine so schlechte Figur gemacht hast, Kapitänin.«

»Nenn mich Tia«, sagte sie und winkte ab. »Ich habe nur rumgestottert!«

»Hat man dir nicht angemerkt.«

»Wieso ist Garula nicht dabei gewesen?«

»Meine Aufgabe ist die Öffentlichkeitsarbeit.«

Ihm die Borok hinhaltend, sagte Sylvester: »Sie war die einzige Kapitänin, die nicht anwesend war. Dazu wird es Kommentare geben.«

Chrisul zuckte mit dem Kopf und nahm noch ein Stück. »Das gab ich zu bedenken, doch es ist, wie es ist.«

Tia und Sylvester warfen sich einen schnellen Blick zu. Und bevor die Situation peinlich werden konnte, wechselte Tia das Thema. »Wenn ein Postschiff wie die *Jig* am Rand des Koop-Sektors operieren würde – wäre es ratsam, sie zu bewaffnen?«

Chrisul legte seinen Kopf schief. »Ich fürchte, ich verstehe nicht.«

»Die Post spielt mit dem Gedanken – und es ist nur ein Gedanke – ihre Reichweite zu erhöhen. Das würde uns zwangsläufig irgendwann in Gebiete führen, die grenznah sind. Bisher bedienen wir nur Routen im Kern des Koops, hier droht keine Gefahr. Doch draußen, an den Grenzen sieht das anders aus, oder? Weswegen wir diskutieren, ob es nötig wäre, unsere Schiffe zu bewaffnen.«

Chrisul schnalzte. »Für die Sicherheit der einzelnen Schiffe würde ich eine passive Bewaffnung vorschlagen: starke Schilde, Täuschkörper und Kurzstreckenstrahler. Auf Offensivbewaffnung ist zu verzichten: Zum einen wegen der Gefahr, als Bedrohung gesehen zu werden und einen Angriff zu provozieren; zum anderen würden die Einrichtungen so viel Platz in Anspruch nehmen, dass man die Fracht stark reduzieren müsste; zum Dritten braucht es intensive Schulungen für komplizierte Waffensysteme.«

Tia meinte: »Das klingt, als wäre das Thema nicht neu.«

Chrisul aß noch ein Stück Borok. »Ist es nicht. Die Diskussion haben wir seit jeher mit Kauffahrern in unserer Region. Wir bevorzugen es, Geleitschutz anzubieten, denn je mehr Waffen in einem Gebiet sind, desto wahrscheinlicher ist ein Schuss.«

Tia überlegte laut: »Wir fliegen nicht in Karawanen, sondern als Einzelschiffe – das ist unser Alleinstellungsmerkmal. Dafür Geleitschutz zu organisieren ist sicherlich nicht möglich.«

»Für einzelne Schiffe? Nein, dafür ist unsere Flotte mit anderen Aufgaben zu gebunden. In anderen Grenzregionen ist es genau so.«

Sylvester stecke die leeren Schalen der Borok-Früchte ein und stützte sich auf seinen Stock. »Aber eine defensive Bewaffnung wäre ratsam?«

»Auf jeden Fall«, sagte Chrisul ernst. »Die Allianz der Unbesiegten wäre sicher scharf darauf, eine leichte Beute aufzubringen, nur um dann zu behaupten, man hätte das Schiff im Gebiet der AdU gefunden. Je besser ihre Defensivwaffen, desto länger können sie einen Angriff abwehren und desto besser die Chance, dass jemand zur Hilfe kommen kann.«

»Wer will wem zur Hilfe kommen?«, rief da Chaynee Paramour gut gelaunt aus. Der Rennfahrer schritt zwischen das Trio und sah alle der Reihe nach an, dabei strich er sich über die Backenhaare. »Unterbreche ich hier etwa eine Absprache?«

Chrisul richtete sich auf, sichtlich in seiner Ehre verletzt. »Eine solche Regelverletzung würde ich niemals unterstützen!«

»Ganz ruhig«, sagte Chaynee lachend, knuffte den Luraner am Arm. Seine Löffelohren wippten. »Natürlich nicht. Du und Kapitänin Garula sind Ehrenleute. Das weiß ich doch.« Chaynee drehte sich zu Sylvester und Tia und lächelte.

*Über uns sagt er das nicht*, dachte Tia.

Chaynee schritt auf Tia zu. Er sah auf sie herab, und seine Löffelohren ragten auf, als würde er sich noch größer machen wollen. »Anderen ist vielleicht nicht klar, in welch ehrenhafter Gesellschaft sie sich befinden. Bei welchem traditionsreichen, edlen Rennen sie durch Glück reingeschlittert sind.«

»Ach, ich fühl mich hier ganz wohl«, erwiderte Tia, die sich gut an Chaynees arrogante Worte zu Beginn des Cups erinnerte. Sie deutete Richtung Studio. »Da drin gibt es einige, die sich über unsere Teilnahme freuen. Sie hatten sogar Transparente.«

»Es gibt immer Narren, die auf jeden neuen Trend aufspringen«, erwiderte Chaynee.

»Hattest du nicht das letzte Mal behauptet, die Zuschauer wollen nichts Neues? Das sie lieber ihre alten Helden wieder und wieder sehen wollen?«

»Der Applaus für dich ist nur ein Strohfeuer«, gab Chaynee zurück. »Die wahren, echten Fans sind beständig. Ich habe ihr Leben geprägt, sie an meinem teilnehmen lassen. Sie verfolgen meine Karriere seit Jahrzehnten und sind nur dem Original treu. Sie wissen, dass du nur eine kurz aufleuchtende Kerze bist, die sich an meinen Strahlen entzündet hat. Deine Unterstützer werden sich beim ersten Rückschlag von dir abwenden. Ich aber werde weiterhin geliebt werden.«

»Auch nach dem Rückschlag – den wir dir beigebracht haben«, meinte Tia.

Chaynee wischte den Einwand mit einer Geste fort. »Ihr seid nur Tölpel, die Glück hatten. Ohne den Unfall in der Qualifikation würdet ihr Trottel weiter Pakete kutschieren. Aber Glück reicht nicht, um eine Rallye wie diese zu gewinnen. Auch bei der letzten Aufgabe hatte ihr nur Glück.«

»So? Schon wieder? Beim dritten Mal wird es Tradition.«

»Ich zähle auf mein Können, nicht auf Glück.«

»Weißt du, worauf ich zähle? Auf meine Besatzung und unsere Seifenkiste.«

»Seifenkiste?«, fragte Chaynee.

Tia grinste schief. »Sowas, was wir fliegen. Ein Schiff, das man selbst reparieren kann, weil wir uns noch die Hände schmutzig machen. Wir alle. Anders als andere, die sich zu fein dafür sind.«

Chaynee fixierte Tia. »Der Pilot gewinnt das Rennen, sonst niemand. Das wirst du schon noch begreifen, wenn ich die *Feuerpfeil* als Erster durch das Ziel fliege. Du wirst mir vom letzten Platz aus zuwinken und schon vergessen sein.«

»Meinst du so?«, sagte Tia und wackelte mit der rechten Hand – und ihrem ausgestreckten Mittelfinger.

Chaynee fletschte die Zähne. »Soll das eine Beleidigung sein?«

»Ja.«

»Ich werde ...«, hob Chaynee an – brach aber sofort ab, als sich die Tür zum Studio öffnete und drei Pilzroboter zu ihnen geflogen kamen. Es waren die Konnys ihrer Teams und alle wussten: Ein Streit würde aufgenommen und gesendet werden.

Als hob Chaynee die Hand zum Gruß: »Wir sehen uns.«

»Freu mich schon«, erwiderte Tia.

Konny 4711 schwebte neben sie. »Wollen wir nun zur *Jig* zurückkehren?«

»Aber sicher.« Sie winkte Chrisul zum Abschied. Gemeinsam mit Sylvester, machten sie sich auf den Weg.

*Er ist ein Idiot, aber er hat recht*, dachte Tia. *Wie lange wird uns unser Glück noch begleiten?*

180

Haja stand an der rechten unteren Heckfinne und betrachtete sie eingehend durch eine MultiBrille. Diese hatte der junge Teg-Drache auf Emila angeknabbert. Zwar waren die Schäden nicht groß gewesen, nur wollte Haja die Schäden nicht bestehen lassen. Also hatte sie den kostenlosen Service genutzt, den sie während der Rallye genossen und zusammen mit zwei Technikern der Station die Finne repariert.

Die Techniker hatten sich sehr um die *Jig* bemüht, waren ausgesprochen höflich zu Haja gewesen; so wie sie es von Deckarbeitern noch nie erlebt hatte. Normalerweise arbeiteten sie an der *Jig* wie an allen anderen Schiffen, wollten mit wenig Arbeit gutes Geld machen. Diesmal taten sie, als wäre der Kosmoklipper die Privatjacht eines Djibril-Funktionärs.

Draußen – im All vor dem Hangartor – stritten sich die Kameradrohnen der Teleholo-Sender und Nachrichtenkanäle um die besten Plätze, sie alle wollten die perfekten Bilder vom Abflug der Rennfahrer schießen.

*Wir sind Helden – für einen Tag*, erinnerte sich Haja an ein bekanntes Lied.

Bevor sie losflogen, vergewisserte sich Haja lieber noch einmal, ob alles korrekt gelaufen war.

»Ich kann nichts Auffälliges entdecken«, sagte sie, nahm die Brille ab und sah hinab zu Nelson, der neben ihr rollte. »Was ist mit dir?«

Nelson blieb stehen, drehte sein Visier zu ihr und projizierte zwei lachende Augen darauf. »Die *Jig* ist in tadellosem Zustand.«

Haja lächelte. »Dann können wir ja loslegen und uns dieses Zeugs schnappen. Vielleicht gewinnen wir den Cup ja doch noch?«

»Weißt du denn schon, was du mit einem Planeten machen willst?«, fragte jemand. Es war nicht Nelson gewesen, sondern eine Squata.

Spiff Lifnich war die Astrogatorin der *Feuerpfeil*, dem Schiff von Chaynee Paramour. Sie war eigentlich eine Konkurrentin, doch während des Banketts zum Beginn des Cups, hatten sich Haja und Spiff gut verstanden.

Also lächelte Haja die Astrogatorin an und erwiderte: »Einen Abenteuer-Park würden wir sicher nicht errichten.«

»Weil euch die Sponsoren dafür fehlen.«

»Noch. Ich habe gerade einen Vertrag als Werbegesicht für Sonny Chips unterschrieben.«

»Echt? Die schmecken wirklich super«, sagte Spiff. Jeder mochte Kartoffelchips.

»Sogar Rüsselpfeifern.«

»Das stimmt«, sagte Spiff und krächzte, was einem menschlichen Lachen entsprach. Spiff war etwas größer als Haja und ihre Haut von einem dunklen Lila. Eine Mähne aus bunten Federn lief vom Nacken hinauf bis zu den zwei gewundenen Hörnern, die denen von Widdern glichen. Ein großer Schnabel dominierte das Gesicht und zwei Augenpaare sahen zu Haja. Spiff trug wieder eine gelbe Weste, dazu grüne Hosen und Stiefel und Handschuhe. »Ihr habt eine wirklich tolle Nummer abgezogen. Wir haben doppelt so lange gebraucht, um die Rüsselpfeifer zu fangen.«

»Ihr hattet nicht den richtigen Köder«, sagte Haja und tat so, als würde sie eine Tüte Kartoffelchips in eine Kamera halten.

Wieder krächzte Spiff leise. »Auch das. Aber ihr habt als Team super zusammengearbeitet. Diese Drähte auszutauschen war sicherlich kein Spaß.«

Haja sagte nichts, zeigte nur ihre Hände: über Finger und Handflächen liefen kleine Narben, wo der Draht sie geschnitten hatte.

Spiff meinte: »Von uns wollte sich keiner die Hände schmutzig machen. Unsere Service-Roboter hätten das erledigt, wenn wir genug Material für den Drucker dabei gehabt hätten. Unser Schiff ist darauf ausgerichtet, so große Reparaturen im Trockendock zu erledigen, nicht bei einem Flug.«

»Wir haben immer alles dabei. Die *Jig* ist unser Zuhause, eures nicht.«

»Stimmt. Also: Falls ihr gewinnt, was macht ihr mit dem Planeten?«

Haja atmete aus. »Keine Ahnung. Besiedeln? Oder als Außenposten nutzen. Wir diskutieren gerade, die Routen der Post zu erweitern, nicht nur Terraner aufzunehmen. Da käme Urpajid gerade recht, es liegt weit ab von unserem bisherigen Servicegebiet.«

»Willst du denn das alles machen?«

»Bestimmt nicht«, wehrte Haja ab. »Ich glaube, niemand von uns will einen Planeten regieren oder auch nur eine Filiale leiten. Wir sind Sternengucker, keine Kolonisten. Das können ruhig andere machen. Wie gesagt: Die *Jig* ist unser Zuhause.« Sie tätschelte die Finne.

Spiff drehte sich um, musterte den Klipper eingehend.

Da kam Robin um eine der Landekufen gelaufen. »Haja, wir müssen an Deck. Es geht gleich los.« Sie sah zu Spiff. »Oh, hallo. Ich bin Robin.«

Spiff nahm die ausgestreckte Hand und drückte sie. Eine Geste, die man im ganzen Sektor kannte. »Spiff Lifnich.«

»Ich weiß«, sagte Robin und ihre Ohren wurden rot. »Sie fliegen auf der *Feuerpfeil*.«

»Nicht, wenn ich zu spät an Deck komme.« Spiff nickte zum Abschied. Sie ging einige Schritte, blieb stehen und drehte sich noch einmal um. »Möge das beste Schiff gewinnen.«

# Kapitel 4

»Hier ist der Plan.« Tia klickte das Hologramm an und trat in die Mitte des Cockpits. Sie stand nun in der Abbildung eines Teils der Schrottosphäre von Fento. Unübersichtlich viele Objekte waren abgebildet: Kleine Asteroiden, Teile von zerstörten Schiffen und vieles war nicht mal zu bestimmen. Tia drückte auf ihr MultiArmband und vier Teile wurden grün markiert.

Sie trat zu dem größten Teil, das in der Mitte lag. »Dies ist ein Asteroid, wir haben ihn Treville genannt. Treville ist der Ausgang des Firrin-Volks, mit dem wir es zu tun kriegen werden. Von Treville aus vergrößern die Firrin ihr Revier. Zuerst wanderten sie nach Athos aus, einem großen Schiffswrack nördlich von Treville.«

Tia machte große Gesten und schritt schnell hin und her. Jeder der Mannschaft wusste: Je großer und schneller sie gestikulierte, desto aufgeregter war sie. Was immer sie und Harry geplant hatten – ihre Ideen machten sie nervös.

Robin und Nick warfen sich einen sprechenden Blick zu.

»Passt auf, das ist wichtig«, wurden sie von Tia sofort ermahnt.

Robin salutierte flott – und erhielt dafür einen mahnenden Blick von Harry. Also konzentrierte sie sich.

Tia wies auf ein Gebilde, das von Treville nach Athos führte. »Dies ist eine Röhre, gebaut aus Mucus. Sie nutzen es nicht nur, damit die Zarr sich einen schützenden Mantel zulegen können. Die Firrin bauen mit ihrem Mucus Waben, Wände und eben jene Röhren zwischen Asteroiden und Wrackteilen. Einmal gebaut, nutzen sie sie als Straßen und laufen von dort zwischen ihren Nestern herum; sie bauen sogar Schleusen, damit nicht die ganze Röhre unbrauchbar wird, wenn ein Teil kaputt geht.«

Harry kommentierte dazu: »Die Firrin sind clever. Das sollte uns allen klar sein.«

Tia fuhr fort: »Unser Firrin-Volk hat seinen Stammsitz auf Treville, den verbanden sie zuerst mit Athos und danach mit Porthos: Einem recht großen Asteroiden südlich von Treville. Auch hier ist eine Röhre bereits fertiggestellt und die Firrin haben dort Nester.«

»Für die sie fleißig Mucus herstellen«, sagte Harry.

»Richtig. Im Moment bauen sie gerade an einer dritten Röhre. Die soll Treville mit einem weiteren Asteroiden verbinden: Aramis. Und wie ihr sehen könnt, befindet sich diese Röhre noch im Bau.«

Tia zeigte an die betreffende Stelle des Hologramms.

»Was bedeutet, dass sie ihren zahmen Zarr als Reittier nutzen, damit er sie hin und her fliegt. Wir haben den Zarr mal Rochefort genannt.«

Harry trat zu Tia. »Rochefort befindet sich also westlich von Treville, und wir werden aus einem Transfertor nordöstlich von Treville kommen. Bei unserem Erscheinen haben wir also Treville, Athos und Aramis zwischen uns und Rochefort. Und natürlich all das andere Zeug, das durch die Schrottosphäre treibt.«

Tia konnte nicht auf der Stelle stehenbleiben und ging durch das Hologramm, während sie mit weiten Gesten die geplanten Flugrouten andeutete. »Wir gehen davon aus, dass Rochefort unsere Ankunft schnell bemerken wird. Um ihn nicht zu reizen, fliegen wir am östlichen Rand der Schrottosphäre entlang, bis wir auf der Höhe von Porthos sind. Denn er ist unser Ziel, weil dort nicht mehr gebaut wird.

Es ist das kleinste der drei Nester und am weitesten von Aramis entfernt.«

Nick fragte: »Landen wir mit der *Jig* auf Porthos?«

»Nein.« Tia sah zu Boden und man konnte sehen, wie ihre Kiefer mahlten. Was jetzt kam, gefiel ihr nicht. Sie sah zu Harry. »Willst du?«

Er nickte. »Die *Jig* wird Rochefort ablenken. Um an den Mucus zu kommen, werden wir unsere Exos einsetzen. Sie werden die *Jig* verlassen, auf Porthos den Mucus holen und dann selbstständig durch die Schrottosphäre fliegen, bis die *Jig* sie wieder aufnimmt.«

Wieder stellte Nick die Frage. »Wer fliegt die *Jig* und wer ist in den Exos?«

»Tia fliegt die Dame, du bist ihr Astrogator. In den Exos sind Robin und ich. Haja kümmert sich um mögliche Schäden, Sylvester um das Aus- und Einschleusen der Exos.«

Sylvester hatte seinen Hut auf den Stockgriff gelegt und ließ ihn rotieren. »Gewagte Aufgabenteilung.«

Harry sah zu seiner Frau, suchte Blickkontakt – aber sie sah ihn nicht an.

*Sie sind sich nicht einig*, erkannte Nick. Es war selten, sehr selten vorgekommen, dass seine Eltern sich beim Kommando nicht einig gewesen waren.

Die Finger einer Hand reichten aus, sie abzuzählen. Es beunruhigte ihn leicht, sie jetzt uneinig zu sehen.

»Es ist die beste Taktik«, sagte Tia überzeugt und vielleicht eine Spur zu laut. »Robin fliegt einen Exo besser als jeder andere. Sie und Harry haben sich seit unserem Abflug alles über Firrin und Zarrs angelesen, was es gibt. Wer ist besser geeignet – du, Sylvester?«

Sylvester erwiderte Tias Blick ein paar lange Sekunden. »Was meinst du, Junge?«

Harry antwortete mit fester Stimme: »Die *Jig* lenkt Rochefort ab. Das sollte Robin und mir genug Zeit geben, um den Mucus aufzusammeln. Die Antriebe der Exos sind stark genug, dass wir auch mit dem Mucus noch schnell und wendig genug sind, um durch die Schrottosphäre zu kommen.«

Nick sah zu seiner Schwester. Sie lächelte bei dem Gedanken an das Abenteuer. Auch Nick freute sich – zaghaft erst, dann beherzter. Es würde aufregend sein, die *Jig* durch die Schrottosphäre zu lotsen. Und Mom und Paps würden jederzeit eingreifen, wenn es zu riskant werden würde.

»Klingt gut«, sagte Nick.

»Wir packen das«, meinte Robin.

»Na dann, meine Süßen«, Haja klatschte in die Hände, »legen wir los.«

*

Jeder an Bord hatte seine Aufgabe; die von Nick und Robin war es, Geräte vor der Nutzung zu prüfen. Also standen die beiden an den Exobots und kontrollierten, ob sie tauglich für einen Einsatz im Weltraum waren. Sie standen im Frachtraum vor den beiden Exos: Vier Meter großen Robotern mit Armen und Beinen, die von Piloten gesteuert wurden, die in ihren Cockpits saßen.

Das Besondere für den kommenden Einsatz waren die zusätzlich montierten Raketenaufsätze, durch die sie noch bulliger aussahen als gewöhnlich.

»Das wird aufregend«, sagte Robin und strahlte vor Tatendrang. »Du hast wirklich den langweiligsten Teil abbekommen.«

»Ich beklage mich nicht«, sagte Nick, während er die Daten ablas, die auf seinem MultiArmband aufleuchteten, und sie abhakte. Das Armband war mit dem Wartungscomputer von Robins Exobot verbunden. Alle Systeme funktionierten.

»Die zu fliegen, macht so viel Spaß!« Robin tätschelte ihren Exobot. Er hatte einen gelben Kopf und Brust, Arme und Beine waren rot.

»Ich bevorzuge da Raumschiffe«, sagte Nick. »Da braucht man die hier nicht.«

Er zeigte auf die beiden Raumanzüge von Robin und ihrem Vater. Zwar wurden die Exobots luftdicht versiegelt, zur Sicherheit trug jeder Exo-Lenker zusätzlich einen Raumanzug, wenn er mit einem Exo im All war. Zu schnell konnte ein kleiner Schaden einen Exo beschädigen, denn sie verfügten über keine Schilde, um sich vor herumfliegenden Teilen zu schützen; so wie jedes Raumschiff sie nutzte.

»Ich habe noch nie einen gebraucht.« Robin stieg das linke Bein ihres Exobots hoch und griff in das Cockpit. Sie holte eine Tasse heraus. »Die bringe ich besser mal in die Messe. Sonst fliegt sie mir noch beim Einsatz an den Kopf.«

»Ich prüfe eure Anzüge.«

Robin sprang herab. Sie war so voller Energie, dass sie den Kielgang entlang hüpfte. Sie nahm die Rampe nach oben und war kurz vor der Messe, als sie Stimmen hörte. Sie ging langsamer. Sie erkannte die Stimmen von ihren Eltern, Haja und Sylvester – und es fehlte nicht viel zu einem Streit.

Robin ging näher, blieb kurz vor der Tür stehen und lauschte.

»Ich habe gesehen, was diese Zarrs mit einem Schiff anstellen: Nach einem Ringkampf sieht ein Raumer aus wie eine halb gegessene Brezel«, hörte sie ihren Opa sagen. »Die fressen einen Exo mit einem Haps. Und ihr wollt da raus, zu ihm!«

Harry antwortete ihm: »Die *Jig* lenkt ihn ab und kommt zwischen ihn und uns. Wir halten Distanz.«

»Du wirst sicher einen kühlen Kopf bewahren – aber Robin ist zu hitzköpfig. Sie geht zu große Risiken ein.«

Robin riss die Augen auf. *Opa vertraut mir nicht!*

»Ich bin an ihrer Seite und passe auf sie auf«, versicherte Harry.

*Er beschwichtigt Opa nur – aber widerspricht ihm nicht. Hält er mich auch für zu unkontrolliert? Warum nimmt er mich dann mit?*

»War das deine Idee, Junge?«, fragte Sylvester.

»Ja. Die Exos holen den Mucus und die *Jig* lenkt ab – das war meine Idee.«

»Auch, dass du mit Robin rausgehst?«

Jetzt mischte sich Tia ein. »Es ist die beste Zusammenstellung: Robin ist die beste Exo-Pilotin ...«

*Danke, Mom.*

»... und Harry bringt die Erfahrung mit. Am Steuer der *Jig* bin ich die Beste, und Nick hat Talent für die Astrogation.«

»Jedenfalls mehr als ich«, unterstützte Haja sie. »Oder du, Zottel.«

Sylvester erwiderte: »Nicks Aufgabe geht klar. Ich mache mir Sorgen um Robin. Sie ist die Falsche bei der Aufgabe. Ihr macht einen Fehler.«

Tia fragte erregt: »Wen schlägst du vor?«

»Niemanden. Du wirst am Steuer der *Jig* gebraucht, Haja im Maschinenraum. Und ich kann mit diesen Exos nicht mal im Kreis gehen.«

»Niemanden?«, hakte Haja nach. »Soll Harry alleine rausgehen?«

»Ja.«

»Nein!«, entfuhr es Tia ungewohnt scharf. »Das ist zu gefährlich.«

»Mit Robin ist es noch gefährlicher«, sagte Sylvester.

Robin ballte ihre Hände zu Fäusten. Sie war wütend, dass ihr Opa eine so schlechte Meinung von ihre hatte. Das hätte sie niemals von ihm gedacht. Sie wollte schon in die Messe rennen und sich verteidigen, da hörte sie ihren Vater sagen: »Tia und ich haben diese Entscheidung getroffen und sind uns sicher, niemanden übermäßig in Gefahr zu bringen.«

»Ich sehe das anders.«

»Zur Kenntnis genommen. Noch etwas?«

Robin hörte, wie Sylvester mit seinem Stock mehrfach auf den Boden klopfte – was er immer tat, wenn er lieber etwas gesagt hätte, sich aber zurückhielt. Schließlich knirschte er: »Nein.«

»Gut«, erwiderte Tia knapp.

Robin hörte ihre Schritte näher kommen und sprang fast in die Messe. Bei ihrem plötzlichen Erscheinen zuckten alle zurück.

*Als hätte ich sie dabei ertappt, den Mannschaftskuchen zu naschen.*

»Hallo – habe ich eine Besprechung verpasst?«, fragte Robin wie beiläufig.

»Nein, es ist alles geklärt«, sagte Tia und ging an ihr vorbei. Sie schien es eilig zu haben, aus der Messe zu kommen.

Robin hielt die Tasse hoch. »Die wollte ich nur loswerden, lag noch in meinem Exo rum.«

Sylvester trat zu ihr. »Gib sie mir. Du hast Wichtigeres zu tun.«

Er nahm die Tasse, drehte sich nicht weg, sondern sah ihr fest in die Augen. Ernst sagte er: »Pass gut auf dich und deinen Paps auf.«

»Werde ich«, versprach Robin.

*

Im Transittor baute sich ein Cygon-Trichter auf; türkisfarben im mitternachtsblauen All.

Die *Jig* schoss aus dem Trichter in den Normalraum. Die Gravosegel an den langen Masten zerstoben zu buntschillernden Flocken, kurzlebig wie Seifenblasen. Die Masten zogen sich zurück, während aus den Triebwerken in den Auslegern Agrav gepresst wurde, unsichtbar für menschliche Augen.

Kleine Teile prallten gegen die aufgestellten Schutzschirme. Wann immer eines auf das Prallfeld traf, funkelten die getroffenen Energiekacheln grünlich.

Die Fahrt des über hundert Meter langen terranischen Kosmoklippers sank rapide. Bis er die Schrottosphäre erreichte, war das Schiff ausreichend abgebremst für die geplanten Manöver.

Die Schutzschirme wurden heruntergefahren.

Auf der Brücke der *Jig* wandte sich Konny an Tia und Nick. »Die Aufgabe startet in dreißig Sekunden.«

Nick berechnete mögliche Kurse. Dabei verglich er die Karte, die sie von den Djibril erhalten hatten, mit den aktuellen Daten, die die Sensoren der *Jig* wahrnahmen. Taster sandten ihre lichtschnellen Fühler aus, Lauscher maßen Spuren, die von der Umgebung selbst produziert wurden.

»Keine Überraschungen«, meldete er an Tia. »Die Karten sind aktuell und akkurat.«

»Größere Kursänderungen nötig?«, fragte seine Mutter am Steuer. Sie hielt das Steuerhorn fest in ihren Händen. Es hatte die Form einer Brezel und alle nötigen Schalter, um den Klipper zu steuern.

»Nichts, was unsere Pläne ändert.«

»Zeig's mir.«

Mit einem Tastendruck erschien ein holografisches Abbild der Schrottosphäre vor dem großen Bullauge. In ihm waren vier Kurse eingezeichnet mit Angabe der Flugdauer. Sie führten zwischen größeren und kleineren Gesteinsbrocken, Wrackteilen und Kram hindurch. Einem wuchtigen Asteroiden würden sie erst in der Nähe von Porthos begegnen.

»Noch fünfzehn Sekunden«, meldete Konny, der hinter den beiden schwebte und alles aufzeichnete.

*Lass dich von ihm nicht nervös machen*, rief sich Nick selbst zur Ruhe. Seine Aufgabe war es, alle Hindernisse zu erkennen, die groß genug waren, um eine Gefahr für die *Jig* zu sein. Da die Schutzschilde während der Aufgabe nicht ausgefahren werden konnten, mussten sie sich auf die Panzerung der Hülle verlassen. Würde diese durchschlagen werden, konnte das schwere Folgen haben.

*Bloß kein Druck*, sagte sich Nick. *Du kannst das. Mach einfach deinen Job.*

»Wir nehmen Route drei. Da gibt es einen Asteroiden, bei dem wir Harry und Robin rauslassen können«, sagte Tia und mit einem Tastendruck, verschwanden alle anderen Routen aus dem Hologramm. »Nennen wir ihn Planchet.«

Nick setzte eine Markierung auf den Asteroiden und gab den Namen ein. Im Hologramm färbte er sich grün und der Name wurde an seiner Seite eingeblendet. »Ist an alle weitergegeben«, meldete Nick.

»Die Aufgabe beginnt«, hob Konny an, »jetzt.«

Nick beugte sich konzentriert über die Anzeigen. Nun, da die Route festgelegt war, würde er konzentriert nach allen Hindernissen Ausschau halten.

»Hey, Nick«, rief da seine Mutter.

Nick sah zu ihr herüber.

Sie grinste schief. »Vergiss nicht, Spaß zu haben.«

*

»Bei dir alles klar?«

»Alles bereit.«

»Gut, machen wir die Banane.«

»Verstanden«, sagte Robin in das Mikrofon und grinste aufgeregt. *Endlich geht es los! Ich werde*

*Opa zeigen, dass Paps und Mom zurecht an mich glauben.*

Sie trug den Raumanzug. Dadurch war es in dem nicht sehr geräumigen Cockpit des Exobots noch enger, aber sie konnte sich noch gut bewegen. Arme und Beine steckten in Waldos. Sie wirkten wie Stiefel und Handschuhe und übertrugen Robins Bewegungen an die Arme und Beine des Exobots.

Robin schloss das Cockpit. Sein Vorderteil schob sich herauf und schloss sich schmatzend. Robin überprüfte automatisch, ob ihr Raumanzug Luft aus dem Vorrat des Exobots nahm. Er tat es und das war gut, denn der Exobot hatte viel mehr Vorrat als der Raumanzug. Sie würde für zehn Stunden Luft haben – viel länger als sie für ihren Einsatz brauchen würde.

Sie hörte ihren Vater im Kopfhörer. »Lass uns zur Schleuse gehen.«

»Okay.«

Beide aktivierten die Schieffer-Levitatoren ihrer Exos und schwebten zur Decke des Frachtraums. Vorbei am Ladekran kamen sie zur Frachtröhre; durch sie wurde die Fracht zu Außenschleusen befördert, wenn die *Jig* angedockt war. Wie verabredet gingen sie nach Steuerbord und stellten sich vor die Außenluke.

Robin ließ sich von den Cockpitanzeigen ihre Flugroute anzeigen. Sie waren auf dem Weg zu einem Asteroiden mit dem Namen Planchet. Die Hälfte des Weges hatten sie bereits hinter sich.

*

Die Sensoren sammelten immer mehr Wissen über ihre Umgebung und Nick entschied, ob er sie in das Holo weiterleiten sollte, mit dessen Hilfe Tia flog. Die Zeit lief dabei ab, doch sie flogen vorsichtig: Jeder Triebwerkausstoß sandte Impulse aus, die Teile in der Umgebung bewegten, mal mehr, mal weniger. Sollte einer der Impulse eine Kettenreaktion auslösen, würde der Zarr sicher auf sie aufmerksam werden. Noch hatten sie Robin und Harry nicht ausgeschleust, noch wollten sie unbemerkt bleiben.

»Kannst du Rochefort ausmachen?«, fragte Tia.

»Er pendelt zwischen Aramis und Treville hin und her«, sagte Nick. »Dort bauen sie ja eine neue Röhre, er hilft den Firrin wohl oder spielt Fähre.«

»Genau wo wir ihn haben wollen.« Sie berührte eine Taste auf dem Steuerhorn und funkte an alle MultiArmbänder: »Absprung in fünf Minuten.«

»Verstanden«, meldete Harry.

Fünf Minuten später öffnete Harry die äußere Luke. Neben ihm stand Robin, die gerne ihre Hände trocken gerieben hätte, nur war das im Raumanzug nicht möglich.

Sie stand am Rand. *Ein kleiner Schritt.*

Es war eine Sache, in einem Raumschiff mit gepanzerten Wänden und Energieschilden durch das Weltall zu fliegen; etwas ganz anderes war es, dem Kosmos in einem metallischen Roboterkörper entgegenzutreten – ohne Schilde und völlig sich selbst überlassen. Keine Piloten oder Bordcomputer, um den Flug zu überwachen. Keine Sicherheitssysteme, nur die eigenen Reflexe.

*Du kannst das*, redete sie sich zu.

»Sieht gut aus«, hörte sie die Stimme ihres Vaters im Helmlautsprecher.

Sie wandte ihren Blick von innen nach außen.

Tatsächlich schien der große Asteroid nur einen Sprung weit entfernt – bis sich ihre Augen an die Abmessungen gewöhnten. Das waren keine kleinen Narben auf der Oberfläche, sondern große Krater. Und es war kein kleiner Sprung, sondern ein Fall von mehreren Kilometern.

Der Weltraum um ihn herum war nicht schwarz. Weit entfernt strahlte die Sonne des Systems, ihr

Licht reflektierte sich auf einigen glatten Flächen aus Glas oder mit Eis bezogenen Wrackteilen. Dieses Gebiet wurde zudem von einigen Gaswolken durchzogen: Sie leuchteten grünlich, in ihnen wechselten Bahnen aus Licht und Schatten in einem faszinierenden Spiel.

»Wir sind bereit, wenn ihr es seid«, hörte sie Tia.

Harry drehte sich zu ihr um und Robin legte Zeigefinger und Daumen zu einem O. Die Hand des Exoroboters kopierte ihre Geste.

»Alles klar«, sagte Harry. »Wir steigen aus. Bis gleich.«

»Sagt Bescheid, wenn ihr ein Taxi braucht.«

Harry trat einfach durch die Luke ins Freie. Als er ein paar Meter fortgeschwebt war, sagte Robin: »Exo: Weltraumflug.«

Dann folgte sie ihrem Vater in die große Leere.

Sie war stolz auf sich, dass sie nicht zögerte.

Langsam schloss sich die Luke und die *Jig* schrumpfte. Kurz flammten die Steuerdüsen auf. Robin wurde durchgeschüttelt, als der ausgestoßene Treibstoff sie streifte.

»Kurskorrektur«, befahl Harry.

Robin nutzte die Düsen an Rücken und Brust des Exobots und sie beide schwebten wieder auf der festgelegten Bahn.

Mit einem Ruck huschte die *Jig* lautlos aus dem Bild. Tia hatte wohl das Haupttriebwerk eingesetzt, denn Robin hatte keine Flammen gesehen. Das deutete auf Agrav hin, mit der die *Jig* hauptsächlich angetrieben wurde. Es musste ein kurzer, fokussierter Schub gewesen sein.

»Abbremsen und Position halten«, sagte Harry. »Jetzt ist es an der *Jig*, Rochefort abzulenken.«

Robin nutzte die Düsen, um zwischen Planchet und ihrem Vater zu schweben. Sie musterte die Umgebungsdarstellung in ihrem Helmholo und drückte den anderen die Daumen.

*

Sie steuerten in ein Feld von dicht aneinander treibenden Wrackteilen. Als sie nahe genug waren, gab Tia einen mächtigen Schub aus dem Haupttriebwerk. Das Agrav schoss aus den Düsen und stieß jegliche Materie ab – dazu gehörte alles, was herumschwebte. Die *Jig* beschleunigte und die Wrackteile stoben auseinander. Sie stießen mit anderem Schrott zusammen und lösten eine Lawine aus.

Gleichzeitig drehte Tia die Außenbeleuchtung der *Jig* auf, so dass sie hell wie ein Weihnachtsbaum erstrahlte.

Nick fand einen weiteren geeigneten Schrotthaufen und gab die Koordinaten in das Hologramm ein. »Ziel auf drei-null-zwei zu null-vier-acht.«

Tia lenkte das Schiff nach backbord und leicht oben. Als sie an dem Haufen vorbeikam, gab es einen neuen Schub Agrav und der Haufen flog auseinander.

Nick sah eine Sensormeldung. Er überprüfte sie – und lächelte. »Rochefort interessiert sich für uns. Er kommt.«

*

»Er hängt am Haken.« Harry drehte den Exobot herum, so dass er frontal vor Robin schwebte. »Bereit? Jetzt ist die letzte Gelegenheit, abzubrechen.«

Robin dachte einen Moment nach. Wollte sie abbrechen? Sie war aufgeregt und auch etwas ängstlich – sie wollte aber auch diese Aufgabe meistern und so ihren Vorsprung im Cup halten. Abbrechen? Nein!

»Ziehen wir es durch!«

Harry grinste, seine Augen funkelten. »Folge mir.«

Mit zwei kurzen Zündungen legte er sich auf den Rücken, seine Triebwerke leuchteten auf und der Exobot schoss in Richtung Porthos davon.

Robin zündete die rückwärtigen Düsen und folgte ihrem Vater. Auf der Anzeige verkürzte sich die rote Linie, die zum Asteroiden Porthos führte.

Robin zog die Beine ein, als ein Trümmerteil ihr nahekam. Einem anderen wichen sie Haken schlagend aus. Sie hatten die Hälfte geschafft.

Sie sah auf eine der Anzeigen. »Rochefort klebt weiter an der *Jig*.«

»Halte ihn im Auge, ich untersuche Porthos.«

Robin achtete auf Hindernisse, und dabei auf die Route der *Jig*. Sie flog schlingernd durch die Schrottosphäre. Jeder Stoß aus den Düsen ließ Teile davon gleiten, gegen andere stoßen. Sie richtete ein kleines Chaos an und das blieb nicht unbemerkt.

Rochefort der Zarr eilte zu ihr.

»Der ist verdammt schnell«, stellte Robin erstaunt fest.

»Wir auch. Ich habe einen Landeplatz«, meldete Harry. »Ich habe Höhlen gemessen und in ihnen Atmosphäre. Das sollte ein Firrin-Bau sein.«

Der Asteroid kam jetzt schnell näher. Erst kurz vor dem Ziel bremsten sie hart ab. Da im Exo keine Trägheitsdämpfer eingebaut waren, presste der

Andruck Robin die Luft aus den Lungen. Im nächsten Moment setzten sie hart auf Porthos auf.

Harry drehte sich zu ihr herum. »Alles klar?«

»Muss nur wieder zu Atem kommen.«

»Du machst das super. So, den ersten Teil haben wir geschafft. Hier entlang.«

Sie gingen über den Asteroiden. Die schweren Füße der Roboter zermalmten den Boden. Einmal hob Robin leicht ab, mit einem kurzen Schub aus den Düsen, setzte sie wieder auf.

Endlich erreichten sie ihr Ziel. Vor ihnen sah Robin ein kreisrundes Loch im Gestein, etwa eine Handbreit tief. Dort war es verschlossen von einer milchigweißen Substanz, die im Zentrum leicht herabhing.

Am Rand des Lochs stehend, kniete sich Harry hin und streckte einen Robotfinger aus, der die Substanz berührte. Die Sensoren an der Fingerspitze meldeten ihre Daten auch an Robin. Sie sah die Ergebnisse in der Helmanzeige.

»Mucus«, sagte sie.

»Ein Treffer.« Harry erhob sich und formte mit seinen Robotfingern einen Kreis.

Robin erwiderte das Zeichen. *Der Plan geht auf,* dachte sie erfreut.

»Jetzt geht es ans Buddeln«, sagte er.

Aus den Beinen seines Exobots klappten Stützen, die sich in den Steinboden bohrten. Dann streckte er seinen linken Arm aus. Über seine Hand hinweg fuhr ein Energiestrahl an den Rand der Mucusscheibe. Der Mucus färbte sich rot und schon hatte der Strahl ein kleines Loch hineingebrannt.

Sofort schoss Luft aus dem Loch. Der Druck war stark genug, um kleine Steinchen aus dem Boden zu pusten, die gegen Harrys Exo schlugen.

»Die Höhle verliert Luft«, sagte Robin. »Ich hoffe, die Firrin sind schnell genug, um die undichte Wabe abzuschotten.«

»Jedenfalls steht es so in den Berichten von anderen Mucus-Gräbern.« Harry fuhr fort, mit dem Energiestrahl den Mucus zu zerteilen.

Robin trat an den Krater. »Exo, Krallen ausfahren.«

Vom Handrücken klappten Verstärkungen über die Roboterfinger. Mit ihnen würde sich Robin in den Mucus krallen und ihn anheben, sobald ihr Vater mit dem Abschneiden fertig war.

Da bewegte sich etwas hinter dem milchigen Mucus.

»Bewegung!«, meldete Robin. »Hast du es gesehen?«

»Nein, was denn?« Harry hielt nicht ein.

Robin sah auf den Mucus. *Habe ich mich getäuscht?*

Wieder huschte etwas unter der weißen Oberfläche.

»Da ist etwas auf der Innenseite. Es bewegt sich.«

Harry stoppte den Energiestrahl und musterte jetzt ebenfalls den Mucus. Als sich der Schatten bewegte, sagte er: »Es ist bestimmt ein Firrin, der in der Höhle nachsieht, was los ist.«

»Wir müssen warten, bis er fort ist«, sagte Robin. »Wir könnten ihn mit dem Energiestrahl verletzen.«

»Was, wenn er den Schaden repariert?«, fragte Harry. »Ich mache hier weiter.«

»Paps, nicht.«

»Er ist weit genug weg, ihm passiert nichts.«

»Muss das sein?«

»Ja.« Harry streckte den Arm und der Energiestrahl schoss hell heraus.

Der Schatten verschwand.

»Er ist weg«, meinte Robin.

»Kluges Kerlchen. Wir können also weitermachen.«

In diesem Moment explodierte der Krater vor ihnen. Eine Druckwelle fegte über sie hinweg, Stücke von Mucus und Gestein, und hoch ins All schoss eine kilometerhohe Lohe aus rot leuchtenden Chemikalien.

»Robin, alles okay bei dir?«, rief Harry. Er war immer noch an den Asteroiden geschraubt. Der Exobot hatte den Sturm bis auf ein paar Kratzer gut überstanden.

Robin hingegen war von der Welle aus Luft, Kleinteilen und Chemikalien fortgeweht worden. Sie trudelte durch das All, erlangte gerade die Kontrolle wieder und bremste mithilfe der Düsen ab.

Sie ließ eine kurze Diagnose ihres Exos durchlaufen.

»Nichts kaputt«, meldete sie. »Komme zu dir zurück. Wie geht es dir?«

»Nur ein paar Dellen.«

»Meinst du, das war ein Angriff?«, fragte Robin. Sie landete neben ihrem Vater. Die Höhlendecke war vollständig zerstört. In dem kleinen Abschnitt, den sie sehen konnten, lag eine verkrümmte Gestalt. Sie war orange, ihre sechs Beine leblos nach innen geneigt. Das große Hinterteil war zerstört, als wäre es von innen heraus geplatzt.

»Das ist ein Firrin«, sagte Robin.

»Ja. Er hat sich geopfert.«

»Geopfert?«

»Für diesen Bau. Er hat eine Warnung ins All geschossen.«

»Eine Warnung?« Robin sah nach oben. Dort strahlte die biochemische Wolke immer noch gleißend rot. »Er ruft den Zarr. Rochefort soll diesen Bau beschützen.«

»Das war's dann mit unserem Plan.«

*

»Darf der das?«, rief Haja über Schiffskommunikation.

»Verklag ihn doch«, antwortete Sylvester.

Nick sah zur Seite und fragte Tia: »Was machen wir?«

»Auf Kurs bleiben, tun, als wäre nichts gewesen. Vielleicht bleibt Rochefort an unseren Hacken.«

Bisher hatte die Jagd gut funktioniert. Immer wieder hatten sie Rochefort nahe herankommen lassen, um dann im letzten Moment vor ihm davonzujagen. Der Zarr war schnell, vielleicht sogar wendiger als die *Jig*. Aber sie war ein Raumschiff, dessen Triebwerke sie in den Hyperraum beschleunigen konnten. Sicher, ohne Schirme wäre eine solche Geschwindigkeit tödlich in der Schrottosphäre, trotzdem konnte sie schneller beschleunigen als der Zarr.

Um Rocheforts Interesse zu wecken, bremste Tia ab, verringerte so den Abstand zwischen *Jig* und ihm, wollte ihn reizen.

Es klappte nicht.

Rochefort hatte das Warnsignal von Porthos erspäht und reagierte sofort darauf.

Er steuerte ein großes Wrackteil an, raste darauf zu. Kurz vor dem Aufschlag machte er einen halben Salto und verdrehte seinen Körper. So traf er auf das Wrackteil und seinen Körper als Sprungfeder nutzend, katapultierte er sich in die Gegenrichtung.

Aus seinen Öffnungen sprühten Gase wie Geysire und er schoss Richtung Porthos.

»Und darf der das auch?«, fragte Haja erneut.

»Beeindruckend«, murmelte Nick.

Ein solches Wendemanöver war mit der *Jig* nicht machbar. Nur war das auch gar nicht nötig.

Nick gab einen neuen Kurs ein und meldete: »Kurs eins-acht-null zu null.«

Tia folgte seinen Anweisungen. Die *Jig* rotierte um ihre Ordinatenachse und sie sahen direkt Richtung Porthos.

Dann gab Tia Vollschub nach achtern. Der Impuls war so stark, dass die *Jig* fast augenblicklich zu einem relativen Stillstand kam.

Jetzt drosselte Tia den Schub, damit die *Jig* nicht mit voller Beschleunigung durch die Schrottosphäre flog.

»Kurs gesetzt«, sagte Nick und legte den schnellsten Weg auf das Astrogations-Hologramm.

»Akzeptiert«, sagte Tia und die Aufholjagd begann.

*

»Er kommt mit einem Affenzahn auf euch zu«, meldete Tia über Funk. »Wir sind knapp hinter ihm.«

Robin sah zu ihrem Vater. »Was jetzt? Verstecken wir uns zwischen dem ganzen Kram?«

»Wir sind so klein, vielleicht bemerkt er uns nicht«, stimmte er ihr zu. »Und wir driften rüber zu dem unfertigen Tunnel zwischen Treville und Aramis.«

»Was wollen wir da?«

»Unser Strahler schneidet den Mucus locker durch. Wir schneiden ein Stück von dem unfertigen Tunnel ab. Beide gleichzeitig – das müsste schnell gehen.«

Tia funkte: »Könnte knapp werden. Wir haben nur noch etwa eine Stunde und ihr dürft nicht zu schnell rüberfliegen, damit Rochefort euch nicht bemerkt.«

»Wird schon reichen. Was meinst du, Robin?«

»Bin dabei.«

»Also Plan B«, hörte sie ihre Mutter. »Wir versuchen, Rochefort von euch abzulenken.«

Da sagte Haja: »War das nicht schon Plan A?«

»Nur zum Teil.«

»Aber Plan A hat doch nicht funktioniert.«

»Der Teil schon.«

»Ist Plan B dann nicht Plan A Version 2?«

»Nein«, erwiderte Harry. »Das ist jetzt Plan B. Denn Plan A ist verflucht.«

»Aber streng genommen ...«

Tia unterbrach ihre Ingenieurin. »Harry, Robin: Unser wütender Freund ist in fünf Minuten bei euch. Macht, dass ihr wegkommt.«

In Robins Helm erschien der Kurs, den Harry bereits berechnet hatte. Beide liefen auf dem Asteroiden herum, bis sie den besten Absprungplatz gefunden hatten, dann stießen sie sich ab und schwebten davon.

Langsam.

Sehr langsam.

»Werden wir von Porthos angezogen?«, fragte Robin. Sie hatte das Gefühl, nicht vom Fleck zu kommen – auch wenn die Anzeigen etwas anderes sagten.

»Nein, alles in Ordnung«, erwiderte Harry. Er drehte sich langsam um die Längsachse.

»Wenn wir nur kurz die Düsen zünden würden?«

»Dann sieht uns Rochefort – er ist gleich bei uns, auf null-neun-fünf zu zwei-sechs-eins.«

Robin drehte den Kopf nach rechts, sah nach unten – und ihre Augen wurden groß.

Der Zarr war riesig, fast so groß wie die *Jig*. Ein eleganter Gigant. Ein Anblick, der einem den Atem raubte und den Robin gerne genossen hätte. Wann würde sie diesem schönen, außergewöhnlichen Lebewesen wieder so nahe sein?

Aber ihre Freude über seinen Anblick endete jäh, als der Zarr seine krallenbewehrten Fangzangen ausklappte. *Die sind für uns bestimmt*, dachte Robin und sie bekam Angst. *Ein Hieb von diesen Zangen, und wir sind tot.*

Sie würden sogar den Exobot mit einem Griff knacken, genauso leicht, wie Robin eine Chipstüte aufriss.

»Ruhig bleiben«, mahnte ihr Vater. »Wir schweben einfach weiter.«

Der Zarr prustete aus einigen Öffnungen Gas, und änderte seine Richtung mit der Gewandtheit eines Wesens, dass im Weltraum zu Hause war. Er brauchte keine Berechnungen, keine Computer:

Sein Flug war rein instinktiv und deswegen eleganter als jedes Manöver eines Piloten.

Robin spürte, dass sie lächelte. Trotz ihrer Angst vor dem Zarr genoss sie seinen Anblick.

»Müll auf Kollisionskurs«, meldete ihr Vater.

Robin blickte nach vorne. Etwas, das vielleicht mal eine Waschmaschine gewesen war, schwebte vor ihr. Sie wollte die Düsen zünden, um auszuweichen – und bekam sich noch rechtzeitig in den Griff.

*Rochefort würde es bemerken*, dachte sie. Sie konnte nichts tun, als sie der Maschine immer näher kam. Schließlich prallten beide gegeneinander. Der Schlag war hart, der Exo blieb unbeschädigt. Da Robin in einem Raumanzug steckte, kam sie ebenfalls ohne einen blauen Fleck davon.

Sie sah auf die Anzeige ihrer Flugbahn.

»Ich drifte ab«, meldete sie.

»Nicht zu ändern«, antwortete Harry. »Wir müssen warten, bis Rochefort weg ist. Dann schließt du zu mir auf.«

»Okay«, sagte Robin. *Dadurch verlieren wir Zeit. Aber mit Rochefort will ich mich auf keinen Fall anlegen!*

Durch den Zusammenstoß war sie ins Trudeln geraten; die Welt zog in ständiger Bewegung vorbei, wie in einem wildgewordenen Karussell.

Sie sah den grauen Asteroiden Porthos – den darum fliegenden Rochefort – jetzt kam die grün-orangefarbene *Jig* in ihr Blickfeld – wieder das All – der blauweiße Exobot ihres Vaters – das All – Rochefort, umgeben von Gaswolken schoss er von Porthos fort auf die *Jig* zu.

»Es klappt«, sagte Harry. »Er sieht die *Jig* als einen Rivalen und will sie aus seinem Gebiet vertreiben.«

»Ich warte noch einen Moment, um sicherzugehen.«

»Gute Idee. Der Bursche scheint echt sauer zu sein.«

Wieder sah Robin den Zarr und ihr Schiff. Beide entfernten sich. Die unmittelbare Gefahr war gebannt.

Erleichtert atmete Robin auf.

*

»Rochefort schießt auf uns.«

»Er tut was?«

»Er schießt auf uns.«

»Mit was denn?«

»Ich glaube, es ist ... Rotze.«

»Ooookay.«

»Das darf er auf keinen Fall!«

Tia warf einen Blick zu Nick. »Haben wir darüber etwas in unseren Unterlagen?«

»Nicht in denen, die uns die Djibril gegeben haben.« Nick sah zu Konny. »Das sollte wohl eine kleine Überraschung für die Mitspieler werden.«

Der Roboter schwebte leicht wippend hinter Nick und Tia. »Es war mir nicht gestattet, Ihnen die Information zu geben, bevor Ihr Zarr diese Form der Verteidigung einsetzte.«

Nick runzelte die Stirn. »Jetzt darfst du? Dann erzähle uns alles.«

Der Kuppelkopf drehte sich in Nicks Richtung. »Das Sekret, dass die Zarrs zur Attacke verschießen, wird in Säcken in ihrem Rachen produziert. Es verlässt den Mundraum durch Drüsen unterhalb der Lippen. Die Zarr können mit großer Präzision damit spucken. Es wird zumeist bei Streitigkeiten unter Zarrs benutzt, da die Spucke sich durch den Mucusmantel ätzt.«

»Sie ist ätzend?«

»Korrekt.«

»Kannst du mir genauere Daten auf meine Station übermitteln?«

Konny schien zu zögern.

*Holt er sich das Okay bei dem Chefrobot auf Trejir*, fragte sich Nick.

Er öffnete die Anzeige für Transmissionen, die die Schiffssensoren bemerkten. Tatsächlich gab es gerade einen schnellen Austausch von Signalen. In dem Moment, als er endete, sagte Konny: »Daten werden übertragen.«

Eine Datei erschien im Ablageordner.

»Wir haben etwas«, sagte Nick zu seiner Mutter.

»Gut. Sylvester, nimm dir die Datei vor und sag uns, womit wir es zu tun haben.«

»Schon dabei«, kam Sylvesters Stimme über Bordfunk.

Tia nickte ihrem Sohn ein *Gut gemacht* zu.

Nick konzentrierte sich wieder auf seine eigentliche Aufgabe: Sie heil durch den Schrott zu lotsen. Seine Mutter und er hatten sich überlegt, dass sie Rochefort am besten an sich binden würden, wenn sie Kurs auf Treville nehmen würden; jenen Asteroiden, auf dem die Firrin ihre ersten Nester gebaut hatten. Beginn und Zentrum ihrer Gemeinde.

*Wir hatten recht*, dachte Nick.

Rochefort war hinter ihnen her. Er flog schneller als bei der ersten Jagd und setzte seine Spucke ein. Der Zarr wollte sie offensichtlich erledigen.

Das wäre kein Problem, wenn die *Jig* ihre Schilde hätte einsetzen können. Nur hätte das ihre sofortige Disqualifikation zur Folge.

*Um uns herum Steine und Schrott, die uns die Wände zerschlagen können und hinter uns ein wütender Lindwurm mit ätzender Spucke*, fasste Nick für sich zusammen.

Auf seiner Station wurden ihm Dutzende Wege durch die Schrottosphäre gezeigt mit Beschleunigungswerten. Er filterte diejenigen heraus, die ein zu hohes Tempo einforderten; sie würden die Gefahr eines großen Schadens erhöhen. Es waren immer noch viele – zu viele, denn sie würden Tia nicht helfen, sondern nur verwirren.

Er entschied sich für zwei, die sie nahe an Treville heranbrachten, aber auch bald geradewegs von Harry und Robin fortführten. Die übertrug er an das Astrogationshologramm.

Tia brauchte nur wenige Sekunden, dann löschte sie einen Vorschlag.

Nick passte seine Station an.

Die *Jig* ging in eine Rechtskurve, brachte Schrott zwischen sich und ihren Verfolger.

Der Zarr kopierte ihren Flug.

Aus den Lautsprechern kam die Stimme von Opa Sylvester. »Ich habe das Fachgelaber mal übersetzt. Die Spucke kann sich durch unsere Außenhaut ätzen. Das gute: Dafür bräuchte es eine gehörige Portion von dem Zeug, und es ist nicht stark haftend. Mit ein paar Schwenks sollten wir es abschütteln können.«

Haja rief: »Skipper, lass den Po wackeln. Das Publikum und deine beste Freundin werden es dir danken.«

Tia rückte sich im Pilotensitz zurecht. »Na, dann tanzen wir mal den Lambada.«

*

Sie hatten noch dreißig Minuten bis zum Öffnen des Cygon-Trichters, als Robin ihr Ziel mit bloßen Augen sehen konnte. Aramis war mehr als dreimal so groß wie der neben ihm liegende Treville: Ein mächtiger Asteroid, der wirkte wie eine mutierte Kartoffel aus Stein. Er drehte sich nicht, schien bewegungslos vor ihnen zu liegen.

*Nichts im All ist bewegungslos – es wirkt nur so, wenn die Umgebung sich genauso bewegt. Wie haben die Firrin und der Zarr diesen riesengroßen Asteroiden nur gebändigt?*

Es war eine der vielen Fragen, die sie später recherchieren wollte.

Ihr Ziel schimmerte wie milchiges Glas: Eine Röhre aus Mucus ragte aus Aramis heraus und zeigte auf Treville. Sie war knapp hundert Meter lang, ein Viertel des Weges zwischen diesem Aste-

roiden und Treville. Die Spitze der Röhre war mit
Mucus verschlossen.

Von Treville ragte ein ebensolcher Tunnel Richtung Aramis.

»Wir schneiden etwa zwei Meter von der Spitze
ab«, sagte Harry. »Sie ist acht Meter im Durchmesser, dazu der Verschluss. Das ist genug Mucus,
um die Aufgabe zu erfüllen.«

»Dieses Mal müssen wir beide schneiden, sonst
schaffen wir es nicht rechtzeitig«, sagte Robin.

»Kriegst du das hin?«

»Messer sind gewetzt.«

»Wir stellen uns gegenüber auf, dann haben wir
die Umgebung besser im Blick. Also los.«

Sie teilten sich auf. Robin visierte den untersten
Punkt der Röhre an, setzte Kurs und überließ den
Rest der Automatik. Sie wärmte den Strahler an
ihrem linken Arm auf. Überprüfte noch einmal alle
Systeme – dann war sie schon am Ziel.

Die Düsen bremsten ihren Flug ab, sanft setzte
sie auf dem Mucus auf. »Exo, Beinstützen ausfahren.«

Wie befohlen klappten die Stützen aus und bohrten sich in den Mucus. Sprünge zogen sich über die
Oberfläche. Robin sah herab. Die Röhre hielt.

»Positionsabgleich«, befahl Harry.

Die Energiestrahlen würden die Röhre durchschneiden und auf der anderen Seite herauskommen; wenn Harry dort stand, würde Robins Strahl seinen Exo zerteilen. Deswegen tauschten sie ihre exakten Positionen aus.

Harry sagte: »Ich gehe Richtung Athos, du davon weg.«

»Geht klar.« Unter sich sah Robin Schatten, die sich bewegten. »Firrin in der Röhre.«

»Ich mache ein kleines Loch, dann verziehen sie sich.«

Einen Schritt hinter Robin schmolz der Mucus, sofort schoss ein Energiestrahl daraus hervor und Luft wurde ins All gesogen.

Zufrieden sah Robin, wie die Firrin von dem Loch wegliefen, hinein in den Asteroiden Aramis.

Robin erinnerte sich, was sie über die Baukunst der Firrin gelesen hatte. »Sie haben in jeder Röhre mehrere Schleusen. Vermutlich verschließen sie erst einmal die, um die Luft zu retten.«

»Richtig. Das gibt uns Zeit, bevor sie ein Signal an Rochefort schicken. – Hoffe ich.«

»Legen wir los.«

Robin streckte den linken Arm aus und schoss den Energiestrahl in die Röhre. Sie glomm rot, dann zerschnitt der Strahl das Material. Robin löste die

Stützen, machte einen Schritt und zog den Strahler nach.

Durch die Peilsender in ihren Anzügen erhielt sie den genauen Standort ihres Vaters, so dass sie ihn nicht versehentlich grillte. Es ging stetig voran, nur nicht sonderlich schnell. Mucus war ein zähes Zeug.

Die Uhr tickte die Zeit herunter, bis sich das Tor in den Hyperraum öffnen würde. Je länger sie brauchten, desto höher die Wahrscheinlichkeit, dass sie als letzte dort ankamen.

*Wir brauchen den Mucus, das gibt mehr Punkte*, machte sich Robin klar. *Wenn wir die Aufgabe lösen, bleiben wir im vorderen Feld. Wir müssen den Vorsprung halten! Versagen wir jetzt, holen wir das vielleicht nie mehr auf. Die anderen sind schneller, wir haben nur eine Chance, wenn wir die Aufgaben lösen.*

Sie atmete durch, mahnte sich zur Ruhe. Und schnitt weiter.

Da unterbrach ein Funkspruch ihre Gedanken. Ihre Mutter fragte: »Wie läuft es bei euch?«

»Wir haben drei Viertel geschafft«, antwortete Harry. »Gib uns noch fünf Minuten.«

Tia erwiderte: »Das trifft sich gut, denn der Tanz wird langsam langweilig. Fliegt in Richtung Schrottfeld bei Athos, dort holen wir euch ab.«

Harry klang erleichtert. »Jetzt scheint alles nach Plan zu gehen.«

In diesem Moment zerbarst ein Teil des Mucus-Tunnels und eine rot strahlende Wolke schoss in die Schrottosphäre.

Robin murmelte: »Paps, das hättest du nicht sagen sollen.«

»Keine Panik«, sagte Tia. »Wir sind ein gutes Stück weg. Macht schnell und dann wie abgesprochen.«

Harry sagte: »Du hast Recht. Los, Robin, schneiden wir uns unser Kuchenstück ab und auf zum Kaffeeklatsch.«

»Bin dabei.«

Also gingen sie weiter und die Energiestrahlen zerschnitten immer mehr des Mucus.

»Fast fertig«, murmelte Robin.

Über Funk meldete Tia: »Rochefort hat von uns abgelassen. Er kommt auf euch zu.«

»Wir bleiben dran«, erwiderte Harry ruhig. »Robin, wir schaffen das.«

*Ruhig bleiben*, ermahnte sich Robin. *Wir müssen den Mucus an Bord bringen, sonst sind wir raus aus dem Spiel!*

Sie schnitt und schritt, schnitt und schritt. Zwang sich, das Tempo zu halten. Nicht zu schnell. Präzise bleiben.

»Wir nähern uns«, hörte sie die Stimme ihre Mutter im Kopfhörer. »Rochefort kommt direkt auf euch zu.«

Und nach einer gefühlten Ewigkeit sah sie vor sich einen Riss im Mucus, so gerade und glattrandig, dass er nur von ihrem Vater sein konnte.

Sofort meldete sie: »Ich habe deinen Schnitt erreicht. Noch drei Meter.«

Harry erwiderte: »Stehe vor deinem. Sag mir, wenn du ihn erreichst, wir schneiden gleichzeitig durch.«

Robin nickte sich selbst zu. Präzise führte sie ihren Arm bis zum Beginn des Schnitts. »Noch zehn Zentimeter.«

»Okay, auf drei, zwei, eins, jetzt!«

Robins Strahl zerschmolz das letzte Stück und fuhr dann in den Schnitt. Das Endstück ruckte leicht und schwebte Zentimeter für Zentimeter von der Röhre fort.

Einen Moment später erschien in Robins Anzeige die Route mit allen nötigen Anweisungen. Harry musste sie in den letzten Minuten berechnet haben.

»Gut, jetzt schieben wir den Mucus zu dem Schrotthaufen.«

Robin stieß sich leicht von der Röhre ab. Erst als sie weit genug weg war, zündete sie die Düsen ihres

Exos. Sie flog den Bogen des Mucus herab an den vorgegebenen Ort. Dort verharrte sie und öffnete die Arme des Exos. Der Ring war so groß, dass sie mit den Stahlhänden seine Kanten packen konnte.

»Bin bereit«, meldete Robin.

»Ich auch. Wir halten uns an den Kurs. Start in drei, zwei, eins, los!«

Die Düsen ihrer Exos sprangen an. Erst langsam, dann schneller bewegte sich der Mucus-Ring. Kleine Abweichungen wurden schnell korrigiert. Sie wurden immer schneller, näherten sich stetig der Ansammlung von Schrott, ihrem Treffpunkt mit der *Jig*.

Da erklang ein Alarm: Die Sensoren des Exos hatten Rochefort ausgemacht und warnten, da sein Kurs zu einer Kollision führen würde.

»Er hat uns im Visier«, sagte Robin.

»Mehr Schub, vielleicht schaffen wir es in den Schrotthaufen, bevor er uns erreicht.« Mit den Worten sandte Harry ihr neue Flugdaten.

Robin zögerte nicht. Sofort setzte sie die neuen Anweisungen um. Sie sah auf die Uhr: noch zehn Minuten! *Wir dürfen den Ring nicht verlieren! Das ist unsere letzte Chance, die Aufgabe zu lösen.*

Sie beschleunigten.

Schneller und schneller.

Der Alarm wurde schriller.

»Wir schaffen es nicht.«

Robin hörte die Worte ihres Vaters nicht. Wollte sie nicht hören.

»Robin, verstehst du mich? Wir schaffen es nicht«, sagte ihr Vater, jetzt mit strenger Stimme.

Sie knirschte mit den Zähnen. »Doch, wir schaffen es.«

»Wir müssen abbremsen, sonst zerschellen wir an einem der Wracks oder kleinen Asteroiden. Wir haben den Ring nicht mehr unter Kontrolle.«

»Du bist der Astrogator, finde einen Weg durch!«

»Mit dem Ring sind wir zu schwerfällig.«

»Nein! Werden wir langsamer, erwischt uns der Zarr.«

»Hat er schon. Sieh nach rechts!«

Diesem Kommando kam sie nach – und erschrak. Der Zarr war so nahe heran, dass sie seine Beißzangen sehen konnte. *Er erwischt uns, bevor wir den Schrottplatz erreichen.*

»Wir sind gleich bei euch«, meldete Tia.

Da schoss etwas Schleimiges aus Rocheforts Kopf.

»Achtung, Rotzsäure«, rief Nick über Kopfhörer. »Wenn das Zeug euch trifft, zerfrisst es die Exos.«

Harry bellte: »Robin! Loslassen!«

»Aber ...«

»Weg vom Ring! Sofort!«

Robin fluchte und löste den Griff. Sie zündete Düsen und der Gegenschub trennte sie vom Ring aus Mucus.

Unter sich sah sie den blauweißen Exo ihres Vaters. Selbst im Kopfhörer klang er enttäuscht. »Vielleicht kümmert sich Rochefort um den Ring und nicht um uns.«

Tatsächlich schien es so. Der Brockensegler pustete Gas aus und schwenkte in Richtung Mucus-Ring.

Robin ärgerte sich. Sie waren so dicht vor ihrem Ziel gewesen, und jetzt schwebten sie wie faule Fische im All, überließen den Mucus dieser furzenden Flugschlange.

Es war so unfair!

Der Zarr erreichte den Ring, umrundete ihn, als würde er ihn untersuchen.

Der Kollisionsalarm piepte weiter, weil der Brockensegler so nahe war.

Was immer Rochefort am Ring fand: Er war nicht zufrieden.

Robin spannte sich an.

Auch Harry beschlich ein mulmiges Gefühl. »Tia, wie lange braucht ihr noch?«

»Sind gleich da. Was ist?«

»Rochefort sieht zu uns herüber – und er ist sauer.«

Robin bekam Angst. Der große, gefährliche Zarr fixierte sie und Harry mit seinen Augen, die Beißzangen streckten sich zu ihrer vollen Größe aus. Es war eindeutig, dass er sie als die Zerstörer der Firrin-Bauten erkannt hatte – und er sie ausschalten würde.

In ihren Exos hatten sie keine Chance: Seine Rotze würde die Roboter schmelzen, seine Zangen sie zerquetschen, er war ebenso wendig wie sie und viel schneller.

»Paps?«, rief Robin.

Harrys Stimme war überraschend fest. »Wir packen das.«

Der Zarr kam auf sie zu, sein Körper schlängelte.

»Wie denn?«, flüsterte sie.

»Vertrau auf Tia!«, rief da ihre Mutter.

Robin sah eine Bewegung rechts von ihr, sah hin und ihr Mund klappte auf.

Die *Jig* flog heran – aber nicht Bug voran. Nein, sie machte einen Salto, drehte sich wie ein über hundert Meter langer Baseball-Schläger den man aufwärts schwang – und sie traf.

Das vordere Oberdeck krachte in den Zarr. Seine Leibesmitte wurde nach oben gedroschen, der Rest folgte wie die losen Enden eines Stricks. Benommen vor Schmerzen, schwebte der Zarr ohne Kontrolle durch die Schrottosphäre.

Die *Jig* wischte sich überschlagend an Robin und Harry vorbei. Ihre Steuerdüsen erstrahlten in einem wilden Durcheinander, versuchten, den Flug zu kontrollieren.

»Der Ring«, fiel es Robin ein.

Kaum war sie gerettet, dachte sie an ihre Aufgabe. Sie hatten noch fünf Minuten um den Mucus an Bord der *Jig* zu bringen. Da kein gefräßiger Furzdrache sie auffressen wollte, was sollte sie noch aufhalten?

Ihre Sensoren fanden den Ring – und meldeten, dass er bald gegen ein großes Wrackteil schlagen würde. Bei seiner Geschwindigkeit und der Masse des Schrotts, würde der Ring in tausende Stücke zerbrechen.

Robin fragte den Astrocomputer ihres Exos, ob sie den Ring erreichen konnte, bevor er aufschlug – und ob sie noch rechtzeitig ausweichen konnte. Sie konnte es schaffen.

Sofort zündete sie die Düsen ihres Exos. Erst dann rief sie Harry. »Paps, wir können den Ring noch auffangen, bevor er zerschellt. Los, hinterher!«

Sie gab vollen Schub, noch bevor ihr Vater reagieren konnte. Sie konnte den Ring schon sehen. Hinter ihm drehte sich das Wrackteil, Schatten und Licht tanzten auf der zackigen Oberfläche.

»Robin«, hörte sie ihren Vater. »Warte.«

»Ich kann es schaffen, bin fast da«, rief Robin begeistert.

Der Ring vor ihr wurde immer größer.

Sie las die Anzeigen. Noch zehn Sekunden Schub, so würde sie den Ring vor dem Wrackteil erreichen – und sofort voller Schub nach oben. Der Computer zeigte, dass es so klappen würde.

Wieder hörte sie Harry. »Robin, was tust du? Das schaffst du nicht!«

Sie sah auf die Uhr: Noch vier Minuten für die Aufgabe.

»Doch, ich schaffe es.«

Sie löschte die Düsen.

Jetzt riefen Harry und Tia gemeinsam: »Abbrechen, Robin.« »Zieh hoch. Jetzt!«

Robin schüttelte den Kopf. *Trauen die beiden mir gar nichts zu? Ihr werdet sehen.*

Sie streckte die Arme aus. Der Roboter folgte ihrer Bewegung, war bereit, den Ring zu packen.

Noch ein paar Sekunden.

Sie packte zu. Die Roboterfinger schlossen sich um den Ring.

Im gleichen Moment wurden die Astrogationsanzeigen rot. Ein Alarm jaulte durch den Exo. Robin starrte auf die Anzeigen der Flugberechnung.

Sie würde zerschellen. Selbst bei vollem Schub nach oben flog sie ihrem Tod entgegen.

*Warum?*

Ihr Kopf war leer. Unfähig zu verstehen, sah sie die Warnung an.

Zögern würde ihr den Tod bringen. Nur: Was sollte sie tun?

*Warum ist jetzt alles anders?*

»Lass den Scheiß-Ring los!«, bellte Tia aus den Kopfhörern.

*Die Masse des Rings*, erkannte Robin. *Ich habe den Flug nur für den Exo berechnet – nicht für den Exo plus den Ring. Der Ring macht mich zu träge!*

Robin öffnete die Hände.

Der Exo ließ den Ring los.

Doch die Anzeigen blieben rot.

Das Fenster, in dem sie dem Wrackteil hätte ausweichen können, war vorüber.

»Notausstieg!«, rief Harry.

»Was?«, murmelte Robin.

Ihre Gedanken waren langsam und leise, als hätte sie Watte im Hirn.

Harry meldete: »Leite Notausstieg ein.«

Eine Anzeige leuchtete blau.

Der Helm von Robins Raumanzug klappte zu.

Die Anzeige wechselte auf Gelb.

Hände und Füße wurden aus den Waldos gepresst. Ihre Gurte lösten sich.

Die Anzeige sprang auf Rot.

Der Kopf des Exos flog davon. Kurz darauf katapultierte der Sitz Robin hinaus. Die leichten Düsen des Raumanzugs schossen sie nach oben, so schnell, dass ihr fast schwarz vor Augen wurde.

Robin riss sich zusammen und sah nach unten.

Der Mucus-Ring traf auf das Wrackteil und zerbarst in unzählige funkelnde Scherben.

*Verloren*, dachte Robin. *Wir haben die Aufgabe verloren.*

Nur einen Moment später folgte der Exo. Er rammte das Wrackteil und explodierte lautlos. Arm- und Beinteile flogen herum.

*Das hätte ich sein können*, dachte Robin.

Ihre Augen brannten. Sie kniff sie zusammen. Sie wollte nicht weinen. Nicht jetzt. Auf keinen Fall jetzt.

Sie fühlte sich so ausgelaugt. Die Anspannung, Euphorie und Todesangst. Es war einfach zu viel. Sie wollte ihre Hände vor das Gesicht nehmen, doch da war der Helm.

Und so rollten zwei Tränen ihre Wangen hinunter und sie schluchzte.

Sie schämte sich. Wegen ihres Fehlers. Wegen des Heulens. Sie wollte allein sein, sich verkriechen.

Der blauweiße Exo ihres Vaters tauchte vor ihr auf. Harrys Stimme kam aus dem Kopfhörer: »Hab dich. Alles okay?«

Sie wollte nicht sprechen. Ihre Stimme würde sie verraten. Also machte sie die Okay-Geste und hoffte, ihr Vater konnte ihre Tränen nicht sehen.

Er zeigte nach links. »Wir werden abgeholt.«

Die *Jig* kam langsam auf sie zu – mit einer mächtigen Beule vor den Fenstern der Messe. Dort, wo sie den Zarr erwischt hatte.

»Alles okay bei euch?«, fragte Tia.

»Alles in Ordnung«, gab Harry zurück.

»Freut uns zu hören. Ich öffne Frachtluke Steuerbord.«

Harrys Exo nahm Robin, drehte sie so, dass sie mit dem Rücken an seiner Brust lehnte. Dann flog er sie beide zur *Jig*.

Harry funkte: »Wie groß ist der Schaden?«

Es war Haja, die antwortete: »Nur eine Beule im vorderen Lagerraum. Sollte mit etwas Schminke gar nicht auffallen.«

Robin schluckte mehrmals und hoffte, ihre Stimme klang normal, als sie fragte: »Wie liegen wir in der Zeit?«

Eine Weile herrschte Schweigen in der Leitung. Dann sagte Nick: »Das Transfertor öffnete sich bei Team Lila. Wir werden die Letzten sein, die dort ankommen.«

*Weil sie mich auflesen müssen*, dachte Robin.

Geschlagen kehrten sie auf die *Jig* zurück.

Fortsetzung folgt ...